Chère lectrice,

La nouvelle année, n'est-ce pas le moment idéal pour faire des projets, prendre de bonnes résolutions ? C'est aussi le moment de découvrir, dans votre collection Azur, de nouveaux et merveilleux romans. Et c'est donc avec un immense plaisir que je vous présente deux trilogies inédites dans lesquelles vous pourrez vous plonger dès le 1er janvier.

Avec *Un odieux ultimatum* (Jennifer Hayward, Azur n° 3552), vous ferez la connaissance de Rafael, l'aîné de la fratrie De Campo : un homme très sexy – et impitoyable. Lui et ses deux frères sont de redoutables hommes d'affaires qui ont voué leur vie au vignoble familial. Mais seront-ils de taille face à la passion ? C'est ce que je vous propose de découvrir dans la trilogie « Trois héritiers à aimer ».

Et pour celles qui, en ces longs mois d'hiver, ne rêvent que de sable chaud et de déserts brûlants, ne ratez pas le premier tome de la nouvelle trilogie de Sharon Kendrick : « Les secrets du désert ». Ce mois-ci, c'est Sarah et Suleiman qui ouvrent le bal dans *La fiancée des sables* (Azur n° 3553). Je suis sûre que ce couple prêt à braver tous les interdits par amour vous touchera autant qu'il m'a émue.

Je vous souhaite un excellent mois de lecture et une très bonne année !

La responsable de collection

La tentation d'un milliardaire

JULIA JAMES

La tentation d'un milliardaire

collection Azur

HARLEQUIN

Collection : Azur

Cet ouvrage a été publié en langue anglaise
sous le titre :
THE FORBIDDEN TOUCH OF SANGUARDO

Traduction française de
EMMANUEL PLISSON

HARLEQUIN
83-85, boulevard Vincent-Auriol, 75646 PARIS CEDEX 13.
Service Lectrices — Tél. : 01 45 82 47 47

www.harlequin.fr

ISBN 978-2-2803-2691-9 — ISSN 0993-4448

A mes vacances inoubliables à Hawaii, qui m'ont inspiré le décor de cette romance (et, oui : comme Celeste et Rafael, j'ai participé à une randonnée astronomique).

1.

Celeste s'immobilisa en haut du grand escalier de marbre. A ses pieds, une foule de convives en tenue de soirée s'amassait dans le vaste hall. Des serveurs circulaient, plateaux de champagne à la main. Les autres mannequins venues dans ce manoir de l'Oxfordshire, pour participer au gala de charité, arboraient des robes somptueuses. Elle était un peu en retard, mais à temps pour le défilé. Elle esquissa un sourire : cette soirée lui offrait l'occasion de fuir Londres — et Karl Reiner.

En pensant au riche industriel, elle sentit l'inquiétude l'envahir. Quand elle avait accepté de devenir la nouvelle ambassadrice de la collection Blonde, ligne de cosmétiques de Karl Reiner, on l'avait prévenue qu'il avait tendance à chercher plus que des relations professionnelles avec ses mannequins. Mais dans la mesure où il était à ce moment-là occupé avec Monica Silva — l'égérie de la collection Brune — elle ne s'était pas trop inquiétée et avait accepté le contrat lucratif. En tant que mannequin professionnel, elle ne pouvait de toute façon pas vraiment refuser.

Elle se mordit la lèvre : elle aurait pourtant dû savoir que l'argent facile n'existe pas…

Et voilà que Karl, lassé de Monica, avait jeté son dévolu sur elle — persuadé qu'elle serait elle aussi consentante. Il avait même fait le voyage depuis New York tout spécialement pour lui proposer un nouveau contrat… en échange de quelque chose, bien sûr.

Il se trompait. Il n'obtiendrait rien d'elle. Qu'importait l'argent ? Elle ne prolongerait pas son contrat, voilà tout.

Mais Karl Reiner semblait ne pas comprendre son sentiment. Il avait tellement insisté pour dîner avec elle ce soir-là à Londres, qu'elle avait fini par accepter, à la dernière minute, de participer à ce défilé de charité, au fin fond de la campagne anglaise.

Tout plutôt que de passer la soirée avec Karl Reiner. Cet homme et ses intentions perverses faisaient naître en elle un sentiment de dégoût profond. Non, elle ne devait pas penser à lui, ni aux souvenirs qu'il faisait naître — souvenirs avec lesquels elle pensait pourtant en avoir terminé depuis longtemps.

Celeste ferma brièvement les paupières pour chasser ces sombres pensées. Elle devait se concentrer sur son métier, sa carrière. Travailler pour elle, pour elle seule.

Car elle était seule.

Consciente du prix qu'elle devait payer pour sa faiblesse, elle frissonna. Non, assez ! Elle refusait de se laisser entraîner encore une fois dans les profondeurs de ses souvenirs. Elle était ici pour une seule raison : faire son travail. Et elle allait le faire.

Pourtant, tandis qu'elle remontait sa jupe pour descendre l'escalier, un sombre pressentiment l'envahit. Elle avait l'impression que « quelque chose » était différent ce soir ; comme si elle se tenait au seuil de son univers familier, prête peut-être à le quitter…

Elle inspira profondément avant de descendre la première marche. Elle se trompait. Aucun univers nouveau ne l'attendait. C'était tout bonnement impossible.

*
**

Un verre de champagne vide à la main, Rafael Sanguardo observait la somptueuse décoration du manoir. Il y avait une certaine ironie, pensa-t-il, dans le fait qu'il ait été invité ici, dans cette demeure construite au temps des colonies anglaises en Amérique du sud. C'était en quelque sorte ses ancêtres, simples domestiques des colonies, qui avaient permis cette splendeur baroque.

Mais la roue de la fortune avait tourné. Dans le monde du XXIe siècle, les entrepreneurs avaient l'avantage — et lui, il en faisait partie.

A force de détermination et de travail, il s'était élevé dans la société, lui pauvre orphelin du plus petit pays entre le Mexique et la Colombie. Une bourse d'études lui avait permis d'intégrer une prestigieuse université nord-américaine. Après ses études, il avait commencé à racheter et remettre sur pied des sociétés en difficulté. Une activité qui l'avait bientôt propulsé à la tête d'une colossale fortune et lui offrir un nom dans le milieu des affaires internationales. Ainsi, il aurait pu, ce soir, être le propriétaire de ce magnifique palais hispanique.

Toutefois, il se contentait d'un appartement à Londres et d'un autre à New York ; le reste du temps, il vivait dans des hôtels de luxe. Il ne se sentait pas l'âme sédentaire.

Plus maintenant.

Plus depuis Madeline.

Il se rappela ses derniers mots — cruels, moqueurs, furieux.

« Rafael, quel puritain tu fais… »

Mais sous la dérision perçait la rage. Elle ne lui pardonnait pas de la repousser.

Assez ! Il avait suffisamment déjà perdu trop de temps à penser à cette femme. Madeline appartenait désormais au passé. Elle n'était intéressée que par une chose : l'argent.

Oh ! à présent, elle avait tout l'argent qu'elle désirait — mais rien d'autre. Pas lui. Pas son cœur.

Ils s'étaient aimés dans un tourbillon de passion. Leur rencontre ressemblait à un conte de fées : lui, l'autodidacte sombre et ténébreux, elle la Britannique millionnaire aux cheveux de feu. Leur couple avait défrayé la chronique mondaine pendant quelques mois.

Puis tout s'était arrêté.

Malgré lui, il revit la scène défiler sous ses yeux.

Madeline le fixait de ses yeux émeraude, allongée sur le lit, ses cheveux auburn encadrant ses épaules nues et courant sur sa poitrine parfaite. Elle le défiait, lascive et séductrice.

— Dis-moi que tu n'as pas envie de moi…

Elle avait écarté les jambes, laissant glisser sa main entre ses cuisses.

Mais il s'était éloigné. Elle le dégoûtait.

— Je ne veux plus te revoir, avait-il lancé avant de quitter la chambre.

Il avait entendu son rire, et la note de fureur qui perçait en dessous, jusqu'à ce qu'il referme la porte de son appartement.

Ce rire le poursuivait encore. Mais désormais, il lui semblait inoffensif. Comme Madeline, qui avait disparu de sa vie. Désormais, tout ce qui touchait à cette femme, de près ou de loin, le dégoûtait.

Un serveur s'approcha de lui ; avec un sourire distrait, Rafael reposa son verre de champagne sur le plateau, puis il se tourna, et quelque chose attira son regard.

Quelqu'un plutôt.

Elle descendait l'escalier, attirant tous les regards, comme si une aura brillait autour d'elle.

Sa peau claire. Ses cheveux couleur champagne. Son cou de cygne. Son profil parfait, aussi somptueux que son corps élancé. Sa robe écrue lui laissait une épaule dénudée et retombait sur ses hanches minces, découvrant de longues jambes prolongées par des talons aiguilles.

Sans doute un des mannequins qui devait défiler plus tard dans la soirée. Sa taille, son port altier, sa robe de couturier — tout l'indiquait. Parvenue au pied de l'escalier, la femme se mêla à la foule et il la perdit de vue.

Un sentiment de frustration s'empara aussitôt de lui. Il se figea : c'était la première femme depuis Madeline qui le faisait réagir ainsi. Nombre d'entre elles avaient pourtant cherché à attirer son attention, mais la rupture l'avait laissé amer et méfiant.

Alors pourquoi celle-ci ?

La réponse lui apparut, limpide comme de l'eau de roche.

Parce qu'elle ne ressemblait en rien à Madeline !

Madeline avait un tempérament de feu et une beauté tapageuse ; elle exigeait d'être en permanence le centre de l'attention. La femme qui venait de descendre l'escalier lui avait paru dégager un calme tranquille, presque détachée. Elle n'avait pas cherché à attirer les regards, à devenir l'objet de l'admiration et du désir des spectateurs. Au contraire, elle avait emprunté les marches avec une discrétion presque fantomatique, comme si elle n'appartenait pas tout à fait à ce monde. Etrange, pour un mannequin… si elle en était un, bien sûr.

Ce qu'il ne tarderait pas à savoir. D'un pas décidé, il se dirigea vers le podium et s'installa au premier rang. Car s'il y avait une chose dont il était certain, c'était qu'il voulait la revoir. Enfin une femme qui éveillait son intérêt… Y avait-il quelque chose derrière cette incroyable beauté, ou bien serait-il déçu de nouveau ? Comme avec Madeline ?

Déjà, cette question qui le hantait.

2.

La musique commença — du Vivaldi, parfaitement en accord avec le décor baroque de la demeure. Une par une, les mannequins s'avancèrent sur le podium.

Celeste appréciait la première robe qu'elle portait. Si elle avait fait partie des invités, c'est un modèle de ce genre qu'elle aurait choisi — flatteur, mais discret, avec des tons pâles qu'elle adorait. « On te voit à peine », avait murmuré un autre mannequin. Celeste avait souri : elle ne s'en plaignait pas.

Elle se préférait discrète, voire effacée. Modeste. Elle n'était pas du genre à apprécier les décolletés vertigineux et les dos échancrés. Même à la plage, elle portait souvent des maillots une pièce.

Dès qu'elle s'avança sur la scène, elle sentit sa tension s'évanouir. Des années d'expérience en tant que mannequin lui avaient donné l'habitude de ces défilés étroitement chorégraphiés ; c'était comme une seconde nature qui reprenait le dessus et la libérait de tout souci. Parvenue au bout du podium, elle s'apprêta à faire demi-tour.

Et se figea.

Des yeux sombres fixés sur elle. De longs cils. Un visage à la peau mate, aux traits sculptés. Une bouche sensuelle. Une mâchoire décidée. Des cheveux d'un noir de jais.

Le temps parut se suspendre autour d'elle. Enfin, au prix d'un immense effort, elle trouva la force de terminer son mouvement et reprendre la marche. Au bout du praticable, elle se précipita dans les coulisses, elle n'avait que quelques secondes pour changer de tenue, avant de reprendre le chemin inverse, vêtue à présent d'une robe du soir écarlate. L'homme allait-il la regarder de nouveau ? Avec autant d'insistance ?

Les pensées tourbillonnaient dans sa tête. Bien sûr, en tant que modèle, elle avait l'habitude d'être scrutée des pieds à la tête — même si elle ne l'appréciait pas toujours. Alors pourquoi le regard de cet homme la bouleversait-il autant ? Elle ne l'avait pourtant aperçu que pendant quelques secondes…

Au bout de la scène, elle se raidit. Mais l'homme ne la regarda pas. Portable à la main, il l'ignorait complètement.

Elle se détendit instantanément et effectua un demi-tour plein d'élégance pour retourner vers les coulisses. Elle s'était emballée pour rien, voilà tout.

Si elle avait tourné la tête en cet instant, elle aurait compris qu'elle se trompait.

Rafael ne regardait plus son téléphone, mais la silhouette de la jeune femme qui s'éloignait. Et il ne pensait certainement pas à ses e-mails.

Le défilé terminé, toute l'assistance se dirigea vers le buffet. Rafael se leva rapidement, bien décidé à faire la connaissance de la magnifique jeune femme avant que quiconque n'ait l'occasion de le devancer.

Mais il eut beau balayer le hall du regard, il ne la vit pas. Les autres mannequins étaient là — mais peu lui importait. Fronçant les sourcils, il traversa le hall en direction du salon, où l'on démontait déjà le podium. Là non plus, nulle trace d'elle.

Une des baies vitrées était ouverte. Sur une impulsion, il sortit sur la terrasse qui dominait le jardin. Là, en haut de l'escalier donnant sur l'immense pelouse, il la vit enfin. Immobile, tête levée, elle regardait les étoiles.

Sans perdre une seconde, il se dirigea vers elle.

Apaisée, Celeste profitait de la fraîcheur du soir. Quelle belle nuit ! A Londres, on distinguait mal les étoiles. Mais ici, à la campagne, la Voie lactée apparaissait avec netteté sur le ciel nocturne. A une distance infinie...

Bien des années plus tôt, elle avait rêvé de s'envoler vers ces immensités.

Soudain, une voix s'éleva derrière elle.

— Les Chinois de l'Antiquité pensaient que le Fleuve Jaune prenait sa source dans la Voie lactée.

Surprise, elle se retourna. Même dans l'obscurité, elle sut qui c'était — l'homme qui l'avait observée si intensément.

Il avança vers elle. Elle ne pouvait distinguer ses traits, mais elle remarqua sa stature et son élégance. Quand il parla de nouveau, sa voix grave et bien timbrée, avec un léger accent, la fit frissonner.

— La légende dit que deux amoureux avaient été séparés par leurs parents et placés de part et d'autre du fleuve céleste. Ce sont eux les étoiles que nous voyons.

Celeste se raidit. Son interlocuteur dut en prendre conscience, car il continua sur le ton de la conversation :

— C'est incroyable, n'est-ce pas ? Quand on pense aux millions d'années-lumière qui nous séparent des étoiles... Certaines d'entre elles sont en réalité des galaxies entières. La plus proche est Andromède, qui se trouve...

Il scruta le ciel.

— Ici, compléta Celeste en désignant un point précis de la voûte nocturne. Entre Pégase et Cassiopée. Sa constellation a pour nom M31 — trente et unième objet céleste dans le catalogue de Messier. Dans quelques milliards d'années, elle se fondra à la Voie lactée pour former avec elle une galaxie elliptique géante.

Elle s'en voulait un peu de se montrer aussi technique, mais c'était la seule façon qu'elle avait trouvée pour se sentir en sécurité. Encore que le terme ne soit pas vraiment approprié : sans qu'elle sache pourquoi, chaque nerf de son corps paraissait vibrer en présence de cet homme.

Il jeta sur elle un regard appréciateur et sourit.

— Vous êtes très savante…

— J'aime les étoiles, répondit-elle avec une certaine brusquerie. Parce qu'elles sont très loin.

Pourquoi prenait-elle la peine de lui répondre ? Et surtout, pourquoi la voix de cet homme la perturbait-elle tant ?

— Dois-je y voir un sous-entendu sur ma présence ? demanda l'inconnu.

— Oui, répondit-elle.

C'était impoli, certes, mais elle n'avait pu se retenir. Elle se raidit. Bon sang, que lui arrivait-il ? Aucun homme n'avait jamais provoqué une telle réaction en elle…

Elle devait s'enfuir. Tout de suite.

— Je vous demande pardon, lança-t-elle d'une voix impersonnelle. Je dois retourner à l'intérieur.

— Laissez-moi vous accompagner, proposa l'homme d'une voix douce.

— Non merci, répondit-elle sans hésiter.

Sans un mot de plus, elle tourna les talons et le planta là.

Le cœur battant, Celeste traversa le salon. Pourquoi s'était-elle mise à parler astronomie avec cet homme ? Elle n'était sortie dans le jardin que pour deux raisons : profiter du ciel et se tenir à l'écart des gens… en particulier de lui. L'homme qu'elle avait remarqué. L'homme qui l'avait rejointe dehors.

Car il était bien sorti dans ce but. Sinon, pourquoi avoir engagé la conversation ?

Soudain, une pensée la frappa. Se pouvait-il qu'il ait cru qu'elle l'attendait ? A cette idée, elle se sentit rougir. Qu'importait ? A partir de maintenant, elle ferait tout pour l'éviter. Elle ferait même mieux que ça : elle quitterait cette demeure aussi rapidement que possible. Oui, la meilleure solution était encore de se réfugier dans l'hôtel qu'elle avait réservé à Oxford, à l'écart de cet inconnu et de Karl Reiner.

Elle ne voulait penser à aucun de ces deux hommes. Ni à Karl, qu'elle trouvait repoussant ni à l'inconnu, qui était franchement…

Attirant ?

Non ! Elle se mordit la lèvre, furieuse. Elle ne devait pas y penser. Elle n'en avait pas le droit. Son passé le lui interdisait, et rien ne pourrait jamais changer cela.

Elle ne devait laisser aucun homme l'approcher.

Le visage fermé, elle gagna le hall, s'efforçant d'adopter une attitude impassible. Elle se dirigea vers le buffet où se tenait sa collègue et amie Zoe. Avec elle, elle se servit une assiette : blanc de poulet et salade sans vinaigrette.

— Alors, lança Zoe tandis qu'elles mâchaient cette maigre pitance, des nouvelles du type qui te déshabillait du regard ? Est-il venu te voir ?

— Non, répondit Celeste en s'efforçant de paraître détachée.

— Quel dommage ! A ta place, je me laisserais faire. Car en plus d'être superbe, il a de l'argent… Rafael Sanguardo. Il est sud-américain, et millionnaire. Je crois qu'il sortait avec cette beauté rousse… Madeline Walters. Elle est au moins aussi riche que lui. Elle a gagné plusieurs millions aux Etats-Unis.

Zoe lui glissa un regard plein de sous-entendus avant de continuer :

— Evidemment, tu as déjà Karl Reiner, maintenant que Monica Silva ne l'intéresse plus. Cela dit, je sais lequel des deux je préférerais ! Entre le *magnifico* Sanguardo et Karl-le-crapaud, je n'hésiterais pas une seconde.

Secouant la tête avec un air ravi, elle conclut :

— Quoi qu'il en soit, il est temps que je me sauve. Les hommes ici ont l'air très riches, et je dois m'occuper de mon réseau. Sans compter que je ne peux pas rester une seconde de plus près de ce buffet… A plus tard !

Là-dessus, elle se dirigea vers l'autre bout de la salle, laissant Celeste à ses pensées.

Rafael Sanguardo…

Elle n'avait jamais entendu ce nom, mais elle ne doutait pas que Zoe ait raison : elle avait toujours un œil sur la liste des « riches célibataires ». Une autre raison pour se tenir à distance de cet homme…

— Puis-je vous offrir quelque chose d'autre ? Vous avez à peine touché au buffet.

Encore cette voix grave, avec son léger accent exotique.

Elle se retourna d'un bloc, prête à l'affronter… mais demeura muette de stupéfaction.

Pour la première fois, elle le voyait en pleine lumière.

Zoe avait raison. Il était magnifique.

Ce n'était pas seulement sa taille, sa carrure, son visage aux traits bien dessinés.

C'était ses yeux. Ses yeux d'un noir de jais, comme ceux d'un aigle. Son regard acéré qui lui coupait le souffle.

Jamais un homme ne lui avait fait un tel effet. Elle avait l'habitude des regards, et aucun ne l'avait déstabilisée à ce point. Cet homme avait quelque chose d'extraordinaire — mais quoi ?

Quoi que ce soit, elle devait se débrouiller pour que ça cesse. Il fallait qu'elle détache son regard du sien, qu'elle cesse de le détailler des pieds à la tête. Et pourtant…

Son costume sur mesure mettait en valeur sa silhouette athlétique. Il devait faire près d'un mètre quatre-vingt-dix.

Il lui parlait de nouveau, de cette voix riche qui la

faisait réagir si étrangement. Qu'avait-il dit ? Elle devait lui répondre quelque chose, n'importe quoi.

Il parlait du buffet !

— Euh... non, je vous remercie, parvint-elle à articuler.

Il leva un sourcil. Ces yeux... on aurait dit de la roche noire. Du basalte. De l'obsidienne.

— Vous avez un appétit d'oiseau, observa-t-il avant de la détailler des pieds à la tête. Par bonheur, vous n'êtes pas aussi maigre que les autres mannequins...

— Mais les mannequins se doivent d'être minces ! rétorqua-t-elle d'un ton ferme.

Elle pouvait comprendre qu'il critique la maigreur maladive des mannequins les plus jeunes. Mais ce qu'elle ne supportait pas, c'était son regard sur elle. Ni, surtout, l'effet qu'il lui faisait...

— Je trouve honteux que des femmes se rendent malades, alors qu'il y a encore dans ce monde des gens qui meurent de faim.

— Vous avez raison, soupira Celeste.

L'espace d'un instant, elle croisa son regard.

Et ce fut une erreur.

Au prix d'un effort surhumain, elle détourna les yeux avant de se noyer à tout jamais dans l'océan insondable de son regard.

— Je suis désolé, l'entendit-elle répondre. J'ai été impoli. Mais je pense toutefois que vous manquez quelque chose en ne goûtant pas à ce buffet.

Celeste regarda les plats qu'il lui désignait, tous aussi superbes qu'appétissants.

— Oui, ils ont l'air délicieux, répondit-elle. Mais je dois faire attention.

— Ne vous laisserez-vous pas tenter ?

Celeste rougit. Il ne parlait pas seulement de nourriture, elle l'aurait parié. Elle secoua la tête, bien décidée à mettre un terme à la conversation.

— Non, répondit-elle, poliment mais fermement.

Elle reposa son assiette avant lancer d'une voix qu'elle espérait neutre :

— Vous m'excuserez, mais je dois aller rendre cette robe.

Puis elle sourit — un sourire distant et impersonnel. Elle évita soigneusement son regard.

Impuissant, Rafael regarda la jeune femme s'éloigner vers les coulisses et disparaître pour la deuxième fois de la soirée.

Pourquoi ? Pourquoi le fuyait-elle ?

La question dominait le tumulte de ses sentiments. Car, il devait l'avouer, cette deuxième rencontre n'avait fait qu'attiser sa curiosité.

Quelque chose en cette femme l'attirait. Irrésistiblement.

Sa beauté diaphane, pure, l'envoûtait, mais il n'y avait pas que ça. Tout en elle lui plaisait — son port de reine, sa peau d'albâtre, la délicatesse de ses traits, et le gris-bleu lumineux de ses yeux.

Et, quand elle avait croisé son regard, il avait su. Elle avait beau avoir tourné les talons, l'avoir fui deux fois de suite, il avait compris qu'il ne la laissait pas indifférente. Bien au contraire.

Elle ressentait la même chose que lui ! Il en était certain. Son immobilité, son regard, sa façon de retenir son souffle — oui, elle réagissait exactement comme lui…

Alors, pourquoi cette fuite ? Il y avait une explication toute simple — et fort déplaisante : elle n'était pas libre. Il devait en avoir le cœur net… même s'il ne connaissait pas son nom.

Rafael se ressaisit. Assez tergiversé, il était temps d'agir. Il lui serait facile d'en savoir davantage sur elle. Elle était mannequin, et travaillait pour une agence. Il obtiendrait cette information rapidement. Et puis… et puis il lui ferait la cour. Jusqu'à ce qu'elle soit sienne.

Son imagination l'emportait déjà.

Il se vit la prendre par la main, l'attirer vers lui ; prendre son corps élancé entre ses bras et se pencher vers ces lèvres minces et fines. Goûter à cette bouche, à ce corps sous ses mains, à la sensualité qui émanait d'elle ; sentir sa poitrine contre la sienne…

Comme il la voulait !

L'imagination ne suffisait pas. Il devait la séduire. Obéir à ce désir brûlant qui l'attirait vers elle.

3.

— Vous voulez plus d'argent, c'est cela ?

Celeste conserva une expression impassible. Karl Reiner avait exigé qu'elle participe à ce dîner dans un hôtel du West End organisé par un magazine de mode. A cause de son contrat, elle n'avait pu refuser.

Elle le regrettait. Si seulement elle avait pu s'enfuir comme le soir où Rafael Sanguardo lui avait parlé, une semaine plus tôt.

Non, il était injuste de mettre Karl Reiner et Rafael Sanguardo dans le même sac. La différence était immense. Karl était courtaud et gras, avec des yeux bouffis, des cheveux rares et une ridicule queue-de-cheval dont il pensait sans doute qu'elle lui conférait un aspect créatif et bohême ; Rafael, lui, était athlétique et élancé, avec un regard de braise et des cheveux de jais.

En repensant à lui, elle sentit de nouveau son pouls s'accélérer. Rien à faire : elle ne pouvait empêcher ses pensées de retourner vers leur brève rencontre, et sur l'effet qu'il avait produit sur elle. Quand il s'agissait de Rafael Sanguardo, c'était comme si son habituelle immunité aux hommes disparaissait.

Si elle ne pouvait nier ses sentiments, elle pouvait au moins les ignorer. Il était absolument inutile de penser à lui, un point c'est tout. Ce qu'il voulait… elle n'avait pas le droit de le vouloir elle aussi.

Un sentiment de répulsion l'envahit — un sentiment

familier pourtant exacerbé par la présence oppressante de Karl Reiner. Que lui avait-il pris d'accepter ce stupide contrat ?

Hélas, elle connaissait la réponse à cette question. Depuis longtemps. En tant que mannequin, elle n'était rien de plus qu'un corps à vendre…

Non ! Tout était différent désormais ! Jamais elle ne céderait à Karl Reiner ! Il aurait beau lui proposer des ponts d'or, elle ne signerait pas un nouveau contrat. Elle se contenterait de lui opposer un refus poli. Plus que quelques jours et son contrat arriverait à expiration.

Mais les attentions pressantes de l'industriel devenaient de plus en plus difficiles à supporter. Pour couronner le tout, il avait bu plus que de raison, et elle sentait qu'il s'énervait de plus en plus. Le dîner était terminé et les invités commençaient à se disperser. Alors qu'elle se levait à son tour, Karl Reiner la retint.

— Vous voulez que nous renégociions votre contrat, n'est-ce pas ?

— Non, répondit-elle en s'efforçant de rester courtoise. Ce n'est pas une question d'argent. Je souhaite simplement que notre collaboration se termine. Non que je ne l'aie appréciée, mais…

— Ce n'est pas l'impression que vous donnez, coupa-t-il brusquement, le visage empourpré. Mais pour qui vous prenez-vous ? Les mannequins, on en trouve à la pelle !

— Comme je vous l'ai dit, je vous suis reconnaissante de m'avoir choisie pour la collection Blonde, mais…

— Reconnaissante ? Vous me devez bien plus que la reconnaissance ! Et il est temps de me le montrer. Vous savez très bien ce que je veux.

Il la saisit par le bras. Celeste s'immobilisa et posa sur lui un regard glacial.

— Lâchez-moi immédiatement, lança-t-elle entre ses dents.

L'homme ne bougea pas ; elle se libéra d'une torsion de la main.

— Au revoir, monsieur Reiner, lança-t-elle d'un ton définitif avant de tourner les talons.

En dépit de la présence d'autres invités dans le hall, il la poursuivit et la saisit de nouveau par le bras, le visage tordu par la fureur.

— Ne t'en va pas, espèce de dinde ! Tu te prends pour qui ? Une nonne ?

Son haleine alcoolisée la frappa en plein visage. Il parlait fort, trop fort. Comme elle haïssait ce genre de scène…

— Je peux avoir n'importe quelle fille, tu m'entends ? Les filles comme toi sont prêtes à tout pour un contrat. Et tu as un contrat avec moi, alors tu vas l'honorer. Tu n'es qu'une putain à deux sous, comme les autres mannequins !

L'espace d'une seconde, Celeste resta interdite. Puis une voix s'éleva derrière elle.

— Laissez-la tranquille. Et fichez le camp avant que je vous jette dehors.

Karl tourna la tête en direction du nouvel arrivant.

— Qui êtes-vous ? lança-t-il d'une voix empâtée par l'alcool.

L'homme ne répondit pas. Il se contenta de saisir la main de Karl et de la tordre dans son dos avant de l'escorter jusqu'aux portes battantes et de l'éjecter vers l'extérieur.

Ce fut seulement quand il se retourna que Celeste le reconnut.

Rafael Sanguardo.

Il la détailla de la tête aux pieds. Elle aurait voulu se soustraire à son regard mais, sous le choc, elle se sentait incapable d'esquisser le moindre mouvement.

— Laissez-moi vous offrir un whisky, dit-il. Et ne me dites pas non. Vous êtes sous le choc, vous en avez besoin.

Ensuite, je vous accompagnerai chez vous. J'insiste. Ce crétin ne semble pas décidé à s'en aller.

Celeste ne trouva rien à répondre. Dans sa tête résonnaient encore les dernières paroles de Karl Reiner.

« Tu n'es qu'une putain à deux sous, comme les autres… »

La nausée la prit. Elle faillit se ruer vers les toilettes. Mais Rafael Sanguardo l'avait déjà saisie par le coude d'une main sûre et ferme pour l'entraîner avec lui vers le bar de l'hôtel. Elle le suivit comme un automate.

Il lui fallut plusieurs minutes pour réaliser ce qui lui arrivait : elle buvait un verre avec Rafael Sanguardo — l'homme dont elle avait tenté de refouler le souvenir pendant toute une semaine. Et qui, visiblement, lui faisait toujours le même effet. Elle ressentait presque physiquement sa présence à ses côtés, comme s'il occupait tout l'espace. Le regard attentif qu'il posait sur elle la fit frémir.

Précipitamment, elle détourna les yeux. Après l'éclat de Karl, c'était plus qu'elle n'en pouvait supporter. Elle se mit à trembler de tout son corps.

— Tout va bien, murmura Rafael Sanguardo. Il est parti. Il ne reviendra pas.

Il parlait avec certitude et une certaine férocité. Quand elle releva la tête, il s'était tourné vers le barman.

— Deux brandys, je vous prie.

Rafael reposa la main sur le comptoir. Elle ne tremblait pas — parce qu'il mettait toute sa volonté pour la contrôler. Pour se contrôler. Les émotions l'assaillaient. Son premier instinct lui hurlait de sortir sur le trottoir et de démolir l'ordure qui avait osé s'en prendre à Celeste et l'insulter ainsi en public. Personne n'avait le droit de lui parler ainsi !

Mais son besoin de la protéger, d'être présent pour

elle, était plus fort encore. Elle tremblait, encore en état de choc. Il devait faire quelque chose. Saleté de Karl Reiner…

Il connaissait l'homme de réputation, bien entendu, tout comme il avait appris le nom de la femme qui hantait ses pensées depuis qu'il l'avait vue pour la première fois, une semaine plus tôt.

Celeste Philips. Il lui avait suffi de la décrire aux organisateurs de la soirée pour connaître son nom. Trouver son CV et son parcours n'avait ensuite été qu'un jeu d'enfants. Elle était à l'heure actuelle sous contrat avec les cosmétiques Reiner — et personne n'ignorait dans le milieu l'exécrable réputation de Karl Reiner, sa façon de harceler les mannequins qu'il employait.

L'incident de ce soir n'avait sans doute rien d'inhabituel.

Le barman posa les verres devant lui, et Rafael en tendit un à Celeste.

— Buvez. Cela vous fera du bien.

Mais la jeune femme secoua la tête.

— Non. Je ne bois pas…

Sa voix tremblait.

— Alors, prenez un café. Vous avez besoin d'un remontant. Vous êtes pâle comme un linge.

Elle releva la tête, et le trouble qu'il lut dans ses yeux lui transperça le cœur.

— Je vais bien. C'est seulement que…

Elle se tut, comme perdue dans ses pensées.

— Nom d'un chien, grommela Rafael. J'aurais dû lui casser la figure. Le seul problème, c'est que… ça aurait pu l'arranger, physiquement parlant.

Pour la première fois, il la vit se détendre légèrement. Sa pointe d'humour avait atteint son but.

— C'est un coup bas, murmura-t-elle.

— Pas encore assez bas, si vous voulez mon avis.

J'aurais bien aimé… calmer ses ardeurs. D'un coup de genou bien placé, par exemple.

Cette fois, elle sourit — un sourire timide et tremblant, mais sincère.

Celeste inspira profondément. Peu à peu, la scène avec Karl Reiner semblait se dissoudre dans son esprit — comme effacée par la réalité de ce qu'elle vivait en ce moment précis.

Elle se trouvait avec Rafael Sanguardo. Elle parlait avec lui.

D'abord, exprimer sa gratitude.

— Je vous remercie, dit-elle en levant la tête vers lui. Pour ce que vous avez fait pour moi.

Au moment où leurs yeux se rencontrèrent, elle se sentit faible et démunie ; il lui sembla que le rouge lui montait aux joues, mais elle ne parvint pas à détourner le regard, comme s'il existait entre eux un lien physique, indissoluble…

Ce fut lui qui détourna la tête avec un petit sourire désinvolte.

— *De nada*.

Puis, d'une voix plus légère :

— Alors, un café ? Ou bien un thé ? N'est-ce pas la boisson préférée des Anglais ?

— Un thé fumé serait idéal, dit-elle.

Après cette horrible soirée, cette conversation presque banale était la bienvenue. Tandis que Rafael Sanguardo commandait la boisson au barman, elle sentit ses émotions refluer et s'apaiser.

Enfin, mis à part l'effet que la présence de cet homme produisait sur elle…

— Quelle chance que vous ayez été là ! Vous êtes arrivé à point nommé.

— J'avais un rendez-vous d'affaires ici, répondit Rafael. Mais je dois avouer que, comme vous le dites en Angleterre, le malheur des uns fait le bonheur des autres.

Celeste demeura de marbre. Que voulait-il dire ?

— Malgré mon profond mépris pour Karl Reiner, continua-t-il, je lui suis reconnaissant de m'avoir fourni l'occasion de vous revoir. Et de parler avec vous.

Celeste se mordit la lèvre. Devinant sans doute son embarras, Rafael poursuivit :

— Je vous demande pardon. Suis-je trop direct ?

Elle secoua la tête. Comment lui dire sans le fâcher que ce qu'il voulait d'elle était tout simplement impossible ?

— Peut-être y a-t-il quelqu'un dans votre vie en ce moment ? demanda-t-il d'une voix grave et douce. Dans ce cas…

— Non, répondit-elle. C'est seulement que…

Elle s'interrompit, cherchant ses mots. Son hésitation dut faire naître un horrible doute dans l'esprit de Rafael, car il reprit sombrement.

— Est-ce Karl Reiner ? Vous aurait-il…

— Non ! Bien sûr que non !

La véhémence de sa réponse parut le soulager.

— *Gracias a Dios !* fit-il.

Tout en dévisageant la jeune femme assise face à lui, Rafael avala une gorgée de brandy. Malgré lui, une image prit bientôt forme dans son esprit. Madeline. Comment aurait-elle réagi si quelqu'un lui avait parlé comme Karl Reiner venait de le faire à Celeste ?

Elle aurait ri. Tout simplement. Elle lui aurait lancé quelque chose comme « Même pas dans tes rêves ! » et se serait éloignée. Plus tard, elle lui aurait raconté l'épisode en riant. Sans doute au lit. Cela ne l'aurait pas affectée — l'insulte aurait glissé sur elle.

Mais Madeline n'était pas le même genre de femme que celle qui, assise à ses côtés, buvait son thé avec des gestes d'une délicatesse infinie. Oubliant tout de Madeline, il l'admira tandis qu'elle humait le parfum odorant du thé comme si rien d'autre ne comptait au monde.

— Vous vous sentez mieux ?

Elle hocha la tête avant d'avaler une gorgée de liquide.

Il resta silencieux, absorbant son image, sa beauté. Elle portait une robe du soir d'un vert céladon accompagnée d'un collier et de boucles d'oreilles de jade. Sa coiffure complexe portait la marque d'un grand coiffeur, mais, l'espace d'un instant, il s'imagina glisser ses doigts dans ces cheveux d'une blondeur irréelle pour les faire cascader sur ses épaules d'albâtre.

Reprends-toi, nom d'un chien ! Cette femme lui faisait perdre la tête, et ce depuis leur première rencontre. Elle était si belle, si émouvante… Il y avait en elle quelque chose de différent, de lointain, comme si elle n'appartenait pas tout à fait à ce monde. Comme s'il ne pouvait la toucher.

Qu'avait-elle dit à propos des étoiles ? Qu'elles étaient lointaines.

Tout comme elle.

Mais pas pour longtemps. Il comptait bien s'approcher d'elle, la rejoindre dans son monde, la faire sienne…

Et pour mettre son plan à exécution, il devait commencer par profiter de sa présence à ses côtés.

— Dites-moi pourquoi, commença-t-il d'une voix douce, vous vous trouviez avec Karl Reiner ce soir si vous le détestez tant ? Je sais que vous représentez sa ligne de cosmétiques, mais…

Elle releva brusquement la tête.

— Comment êtes-vous au courant ?

Il se mit à rire.

— Eh bien, pour commencer parce qu'on peut voir

votre visage partout. Mais pour tout vous avouer, les magazines de mode ne sont pas ma lecture favorite… en fait, j'ai posé la question à votre agence.

La jeune femme se raidit.

— Pourquoi ?

Il s'efforça de conserver une expression neutre.

— J'avais envie de mieux vous connaître, Celeste. Je ne m'en cache pas.

Celeste sentit son souffle se bloquer dans sa gorge. Effectivement, cet homme ne cachait rien. Devait-elle lui en être reconnaissante, ou au contraire le fuir, comme elle l'avait fait pour Karl Reiner ? Plus étrange encore que sa confession, entendre son prénom dans sa bouche éveillait en elle des sensations troublantes. Peut-être aurait-il mieux valu que cet homme ne pose jamais les yeux sur elle… mais il était trop tard pour cela. A présent, elle devait simplement le tenir à distance, lui faire savoir qu'il ne pourrait rien arriver entre eux.

— Alors, reprit Rafael, pourquoi avoir accepté de dîner en compagnie de l'odieux Karl Reiner ?

Elle haussa les épaules avec une légèreté feinte.

— Je suis sous contrat, je ne peux pas refuser. Le dîner de ce soir était offert par un magazine dans lequel Reiner fait régulièrement de la publicité. C'était le prétexte pour me faire venir.

Rafael haussa les sourcils.

— Un prétexte ?

De nouveau, elle haussa les épaules, les yeux rivés sur sa tasse de thé.

— Vous savez très bien ce qu'il voulait en réalité. Vous l'avez entendu tout à l'heure.

Soudain, une pensée la frappa.

— Ce que vous lui avez fait ce soir… Ne risque-t-il pas de vous attaquer en justice ?

— Il peut toujours essayer, répondit Rafael.

Cette désinvolture… Tout dans son attitude disait clairement que Karl Reiner, ou quiconque, aurait été très mal avisé de s'en prendre à lui. De toute évidence, Rafael Sanguardo savait se défendre et n'avait peur de personne.

Il avait quelque chose de chevaleresque qui lui plaisait malgré elle.

A quoi bon ? Il ne pouvait rien en ressortir ! Elle ne devait pas l'oublier. D'ailleurs, il était temps de se lever, de prendre congé et de rejoindre son petit appartement de Notting Hill, ce havre de paix qu'elle s'était offert grâce à des années de travail. Elle y serait tranquille, enfin seule…

Car c'était dans la solitude que résidait son avenir, elle le savait.

La voix de Rafael Sanguardo interrompit le cours de ses pensées.

— Et vous ? Karl Reiner peut-il vous nuire ?

Elle secoua la tête.

— Mon contrat expire dans quelques jours, et je ne vois pas comment il l'attaquerait. Mais je ne démissionnerai pas, vous pouvez en être certain ! Tout ce que je risque, ce sont les ragots. Mais étant donné sa réputation…

Rafael fronça les sourcils.

— Vous connaissiez sa réputation ? Alors pourquoi avoir accepté ce contrat ?

— Il avait une liaison avec un autre mannequin sous contrat, et j'ai pensé qu'il me laisserait tranquille. Jusqu'à récemment, j'avais raison. Et j'ai accepté ce travail pour une seule raison : l'argent.

Après tout, Rafael Sanguardo méritait une réponse franche et honnête. Elle reprit une gorgée de thé avant de continuer :

— Le mannequinat est un métier difficile, et souvent mal payé. Seules quelques-unes connaissent la gloire. Je n'en ferai pas partie, je le sais désormais, mais je n'ai pas à me plaindre. Je m'en suis bien tirée. Cela dit, c'est mon seul métier et…

Soudain consciente qu'elle avait failli se trahir, elle se tut. Rafael la fixait intensément, comme s'il pouvait lire sur son visage à livre ouvert. Comme elle ne reprenait pas, il glissa :

— J'ai pourtant eu l'impression que vous vous y connaissiez en astronomie, non ?

Un sentiment de vide envahit Celeste en pensant à ce premier soir, celui où il l'avait vue fixant le ciel. Comme elle avait voulu rejoindre les étoiles, disparaître… Se pouvait-il que Rafael Sanguardo s'en soit rendu compte ? Non, impossible. Il avait lancé sa remarque sur le ton de la plaisanterie, et elle devait la traiter comme telle.

— Je ne vois pas comment je pourrais gagner ma vie avec ça, répondit-elle avec un sourire.

Rafael lui retourna son sourire.

— En tout cas, vous avez le nom idéal pour une carrière en astronomie…

Quand il souriait, son regard d'obsidienne s'illuminait. Comme il était beau ! Elle en avait le souffle coupé, et se prenait à rêver de rester là, avec lui, dans ses bras…

Non ! C'était impossible ! Dangereux. Elle ne devait pas parler à cet homme. Elle devait partir, rentrer chez elle et oublier toute cette histoire. Retourner à sa vie, où il n'y avait pas de place pour Rafael Sanguardo.

Il fallait qu'elle mette un terme à cette conversation.

Incapable de détacher les yeux de Celeste, Rafael la regarda porter la fine tasse de porcelaine à ses lèvres. Céleste… Elle l'était, oui. Comme si elle flottait à des années-lumière au-dessus des imperfections de ce monde, comme si rien ne pouvait l'atteindre…

Il repensa aux sordides accusations de Karl Reiner. Comment avait-il osé souiller une femme aussi pure de ses paroles odieuses ? Pour les lui faire oublier, il s'efforçait de rester léger, de la mettre à son aise, alors qu'au fond, il n'avait qu'une envie : lui faire une cour acharnée et l'inviter à dîner pour lui déclarer sa flamme…

Ses bras autour de lui. Sa bouche. Ses mains si fines sur son dos, sur ses hanches. Ses cheveux comme un étendard d'or sur l'oreiller, la chaleur de son corps…

De nouveau, les images l'envahirent, précises, presque réelles, éveillant en lui un désir brûlant. Mais qu'en était-il pour elle ? Elle devait bien sentir comme lui ce lien étrange qui les unissait. D'ailleurs, ne semblait-elle pas de plus en plus réceptive à ce qu'il lui disait ? Il s'efforça de reprendre la conversation.

— Comment vous êtes-vous intéressée à l'astronomie ?

Le visage de la jeune femme se ferma.

— Je ne m'en souviens plus.

Rafael la considéra avec stupeur. Que venait-il de se passer ? En une seconde, un masque était tombé sur son beau visage.

Il la regarda boire une nouvelle gorgée de thé, conscient du changement brutal qui venait de s'opérer en elle.

— Je vous remercie pour le thé, *Señor* Sanguardo, dit-elle en reposant la tasse sur le comptoir. Et pour votre intervention de tout à l'heure, je vous suis infiniment reconnaissante.

Mais il n'y avait plus aucune chaleur dans sa voix.

Elle était repartie. Repartie dans son monde, dans l'espace inaccessible où elle vivait.

Déjà, elle se levait de son tabouret et saisissait son sac à main.

— Je vous raccompagne, annonça Rafael.

De nouveau, il vit passer une lueur d'angoisse dans ses yeux.

— En tout bien tout honneur, continua-t-il. Je vous assure que je n'ai pas d'autre intention que de m'assurer que cet homme odieux ne s'est pas mis en tête de vous retrouver. Ma voiture nous attend dehors. Acceptez, je vous en prie. Je vous donne ma parole que je vous laisserai devant chez vous, rien de plus. Cela vous conviendrait-il ?

Celeste ouvrit la bouche. Comme elle aurait voulu pouvoir lui répondre : *Non, cela ne me conviendrait pas ! Je ne veux pas passer une seconde de plus avec vous, parce que c'est inutile. Je ne veux pas que vous fassiez ma connaissance, et je veux que nos rapports s'arrêtent là — pour toujours.*

Mais elle ne put s'y résoudre. Car, soudain, elle se rendit compte que Karl Reiner la guettait peut-être dehors, encore ivre. Malgré toutes ses réticences à suivre cet homme qui la fascinait et la perturbait à la fois, mieux valait accepter sa proposition.

Sans un mot, elle le laissa donc lui prendre le bras et l'escorter vers la sortie. Le simple contact de sa main la bouleversait.

Une voiture apparut devant l'hôtel, et un chauffeur en descendit pour lui ouvrir la porte.

— Où allons-nous ? demanda Rafael en s'asseyant à côté d'elle.

Consternée, elle se rendit compte qu'elle allait devoir lui révéler où elle habitait. Mais puisqu'il avait trouvé qui elle était, il finirait par le savoir de toute façon. Elle donna donc l'adresse au chauffeur, et la voiture s'élança en direction de Park Lane.

Il leur faudrait un bon quart d'heure pour atteindre Notting Hill ; en attendant, mieux valait reprendre la conversation, histoire d'éviter que Rafael Sanguardo ne se fasse des idées.

— De quel pays d'Amérique du Sud venez-vous, monsieur Sanguardo ? demanda-t-elle avec un intérêt poli.

Il lui lança un regard amusé.

— Ainsi, vous savez que je suis sud-américain… Dois-je en conclure que vous avez, vous aussi, mené votre petite enquête ?

Mince ! Que répondre sans mourir de honte ?

— Une de mes amies mannequins m'a parlé de vous l'autre soir, au gala, expliqua-t-elle.

Pourvu qu'il la croie aussi indifférente qu'elle feignait de l'être…

Vraiment ? Rafael éprouvait un intense sentiment de satisfaction. Peut-être Celeste avait-elle posé la question… et peut-être n'était-elle pas aussi insensible à lui qu'elle en avait l'air. Finirait-elle par baisser sa garde ?

Oui. Ce n'était qu'une question de temps. Il avait décidé de la séduire, et il y parviendrait. Après tout, il avait déjà considérablement progressé depuis le soir où il l'avait aperçue, beauté évanescente en haut des marches de marbre, et où elle s'était enfuie dès qu'il lui avait parlé…

— Votre collègue s'est légèrement trompée, répondit-il. Je viens de Maraguas, en Amérique centrale.

Dans la pénombre de la voiture, il la vit froncer les sourcils.

— Je pensais que Managua était la capitale du Nicaragua ? fit-elle.

— Et vous avez raison. Et on confond souvent le nom de cette ville avec celui de mon pays, qui est le Maraguas. C'est un tout petit pays, à peine plus grand que le Salvador. Comme lui, il est bordé par le Pacifique.

— Je crains fort de n'en avoir jamais entendu parler, s'excusa Celeste.

— Vous êtes tout excusée, répondit-il. Peu d'Européens connaissent son existence. Ce qui est probablement une bonne chose, puisque vos journaux ne s'intéressent qu'aux guerres et aux catastrophes naturelles. Or, notre pays n'en connaît pas — même si, comme partout en bordure de Pacifique, il y a des tremblements de terre.

— Parce que la plaque océanique s'enfonce sous les plaques continentales, acquiesça-t-elle. Cela veut-il dire qu'il y a aussi des volcans ?

A son tour, il hocha la tête.

— Quelques-uns, oui. Par bonheur éteints. Mais je vois que vous êtes aussi forte en géologie qu'en astronomie…

Décidément, cette femme ne cessait de le surprendre.

— Pas vraiment, je m'intéresse juste au monde qui nous entoure, répondit-elle. Cela explique tant de choses…

— Notre planète est comme un puzzle en perpétuel mouvement, oui, compléta Rafael. Ce que je trouve très positif. Car si la terre sous nos pieds peut changer, nous le pouvons aussi, n'est-ce pas ? Nous pouvons toujours tout recommencer…

Tout recommencer ! Les mots de Rafael résonnèrent dans l'esprit de Celeste, allumant une étincelle d'espoir… qui mourut immédiatement, écrasée par le poids du passé — un passé qui était aussi son présent et son futur, une cage dont elle ne pouvait s'échapper.

Elle tourna la tête pour regarder par la fenêtre. L'automobile longeait Hyde Park avant de s'y engager.

— Quel est ce bâtiment ? demanda Rafael en désignant une immense demeure.

C'était de toute évidence une façon de relancer la conversation, mais elle la saisit avec reconnaissance.

— Il s'agit d'Apsley House. La demeure des ducs de Wellington — vous savez, celui qui a gagné la bataille de Waterloo. Et ses descendants, donc. A Londres, on l'appelle simplement « Numéro un », sans doute parce qu'il s'agissait de la première demeure d'importance quand on entrait dans la ville.

Parlait-elle trop ? Peut-être, mais qu'importait. Mieux valait s'en tenir à ce genre de bavardages, qui lui permettait d'oublier les mots de Rafael. « Nous pouvons tout recommencer »... Non. C'était faux. Pas elle.

— Est-ce la Serpentine ? reprit Rafael en désignant la rivière qu'on devinait entre les arbres du parc.

Elle lui répondit par l'affirmative, avant de se lancer dans une longue explication sur la rivière, puis sur Rotten Row, qu'ils longeaient.

— C'était un chemin privé, très prisé par les cavaliers du XIXe siècle... son nom vient du français « Route du roi ».

Elle continua ainsi de longues minutes sur le sujet de l'Angleterre victorienne ; enfin, ils atteignirent son appartement, et la voiture s'arrêta près du trottoir. Alors, elle se tourna vers Rafael.

— Je vous remercie, lança-t-elle, sincère. Vous avez été... chevaleresque.

Déjà, le chauffeur lui ouvrait la portière et elle descendit, retrouvant la fraîcheur de l'air nocturne. Rafael la suivit.

— Ne vous donnez pas cette peine, le pria-t-elle.

Mais il ne l'écouta pas et la rejoignit sur le trottoir.

— Où est votre appartement ? demanda-t-il en regardant l'immeuble.

— Euh... au deuxième étage.

D'un geste fébrile, elle se mit à fouiller dans son sac à main à la recherche de ses clés.

Trouver ses clés et retrouver le refuge de son appartement. Vite. Avant de fondre en larmes. Elle avait réussi à faire diversion dans la voiture en parlant comme une guide touristique, mais elle ne tiendrait plus longtemps. Pourvu qu'il n'insiste pas davantage...

— J'attendrai de voir la lumière s'allumer, dit Rafael.

— Merci, répondit-elle avec un immense soulagement. Je vous souhaite une bonne soirée, monsieur Sanguardo.

Puis elle se dirigea vers l'entrée de l'immeuble. Parvenue sur le seuil, elle se retourna. Il n'avait pas bougé et la fixait de son regard intense.

— Bonne nuit, Celeste, répondit-il enfin.

Il regagna la voiture, et le chauffeur referma la portière.

Celeste emprunta l'escalier et entra dans son appartement. Allumant les lumières, elle se dirigea vers la fenêtre pour voir la voiture démarrer et s'éloigner.

Son cœur battait à tout rompre, et elle savait pourquoi.

Rafael Sanguardo…

Son nom résonnait dans sa tête, ainsi que ses mots. « Nous pouvons tout recommencer. »

Vraiment ? Chacun d'entre nous ?

Hélas, elle savait que c'était faux. La seule phrase vraie de toute cette soirée, c'était celle que Karl Reiner lui avait lancée au visage.

4.

Le lendemain, Celeste se rendit à un shooting — le dernier de son contrat avec Reiner. Tout au long de la séance, elle ne parvint à détacher son esprit de Rafael Sanguardo. Ses traits sculptés, sa bouche sensuelle, ses cheveux noir de jais, l'obsidienne de ses yeux, l'accent envoûtant de sa voix… Elle ne pensait qu'à lui. Mais elle avait tort bien sûr. Rien n'arriverait. Rien ne devait arriver.

Tenterait-il de la contacter aujourd'hui ?

Et quand bien même ! Elle ne se laisserait pas faire. Elle lui opposerait une fin de non-recevoir, comme à tous les autres.

Envahie par une ombre familière, elle ferma les yeux.

Assis sur son siège de première classe dans l'avion qui le ramenait à Londres, Rafael Sanguardo se détendait, à la fois satisfait et empli d'un délicieux sentiment d'anticipation. Il revenait d'un voyage d'affaires à Genève, où il avait levé des fonds pour sa prochaine opération. Avec sa réputation et son compte en banque, les banquiers se pressaient pour le recevoir. Mais pour l'heure, son esprit n'était pas aux chiffres…

Non, il était occupé par une image bien plus agréable. Pâle, belle… céleste.

Il avait choisi de ne pas presser la jeune femme en la

laissant devant son appartement ; mais à présent, il allait passer à l'offensive. Comment réagirait-elle ? Tenterait-elle encore de fuir ? Elle n'était pas insensible à son charme pourtant — son instinct masculin le lui assurait — mais elle le tenait à distance. Cela dit, elle lui avait avoué n'avoir personne dans sa vie. Pourquoi attendre, alors ? Et puis, elle ne lui donnait pas non plus l'impression de jouer avec lui, de le fuir pour mieux l'aguicher. Alors, pourquoi demeurait-elle si distante ?

Peut-être à cause d'hommes comme Karl Reiner, songea-t-il avec un brusque accès de colère. Si tous les hommes du milieu de la mode se comportaient ainsi, il pouvait comprendre que Celeste cherche encore à l'éviter. Soumise aux assauts répétés de cette ordure, n'importe quelle femme aurait appris à se méfier des hommes qui s'intéressaient à elle.

Mais il n'était pas Karl Reiner, et il prendrait tout le temps qu'il faudrait pour le lui prouver. Il lui montrerait qu'il voulait simplement la connaître. Et qu'elle aussi en brûlait d'envie.

Un sourire aux lèvres, il se laissa aller dans son siège.

Le dimanche soir, le téléphone de Celeste sonna. Elle faisait son repassage — tout ce qu'elle avait trouvé pour rester occupée et ne pas penser à Rafael Sanguardo. A son grand soulagement, son contrat avec Reiner avait enfin expiré, et elle s'était depuis lancée dans une frénésie d'activités en attendant son prochain engagement.

Elle avait pris le temps de s'occuper de son corps, avec toute une série de soins de beauté, de longs joggings dans Holland Park, des cours de yoga et de Pilâtes. Elle avait également pris rendez-vous chez son médecin pour un check-up complet.

Ce n'était pas seulement à cause de son métier qu'elle

prenait autant soin d'elle-même. Elle ne tenait pas seulement à rester mince et belle, mais aussi à garder sa santé. Avec un pincement au cœur, elle repensa à ce qui était arrivé à sa mère…

La pauvre femme. Elle lui avait promis qu'elle ne connaîtrait pas le même sort qu'elle. Prévenir, c'était guérir ; aussi avait-elle depuis longtemps pris l'habitude d'effectuer des contrôles médicaux réguliers.

Elle plia la taie d'oreiller et la posa sur la pile de linge repassé avant de prendre la suivante, attendant que le répondeur de son téléphone se déclenche. Quand la voix s'éleva dans le haut-parleur, elle s'immobilisa.

Cette voix grave. Cet accent. Impossible de se tromper.

Comment avait-il eu son numéro ?

Facile. Il connaissait son nom et son adresse. Un annuaire suffisait à retrouver son téléphone fixe. Par bonheur, il ne connaissait sans doute pas son numéro de portable.

Pas encore…

Le fer à repasser à la main, elle écouta le message qu'il laissait, tentant de réprimer les légers frissons que sa voix faisait naître en elle.

— Je me demandais si vous aimeriez dîner avec moi un soir. Je suis en Angleterre cette semaine — dites-moi quel jour vous conviendrait. Vous pouvez me joindre au…

Il laissa un numéro de téléphone — un fixe à Londres — avant de raccrocher. Il n'avait même pas laissé son nom.

Il savait qu'elle le reconnaîtrait.

Celeste demeura un instant immobile, parcourant le salon des yeux sans le voir. La seule image qui lui venait, c'était le visage de Rafael Sanguardo. Sa beauté impressionnante.

Pourquoi cet homme insistait-il tant ?

Le jour suivant, elle se rendit à un shooting pour un catalogue. Ce n'était pas une activité très valorisante, mais elle payait bien, et elle ne pouvait se permettre d'être difficile à présent que le contrat Reiner était terminé. Quand elle revint à son appartement, elle trouva dans l'entrée un énorme bouquet de lys blancs, dont le parfum embaumait tout le hall. Une enveloppe avec son nom y était attachée.

Elle monta les fleurs chez elle et ouvrit l'enveloppe. Un seul mot se détachait sur la carte de couleur crème. Un nom :

« Rafael. »

Comme un automate, elle posa l'extravagant bouquet sur sa table. Les émotions se bousculaient en elle.

Que faire à présent ?

La question la poursuivit toute la soirée, aussi présente et entêtante que le parfum des lys — et tout aussi impossible à ignorer.

Le lendemain, il laissa un nouveau message sur son répondeur, pratiquement identique au précédent. Le surlendemain arriva un nouveau bouquet — non plus les lys opulents, mais des freesias aux couleurs pastel, au parfum frais et léger. La carte disait :

« Peut-être préférez-vous celles-ci ? »

Elle posa le bouquet dans sa chambre, pour que leur odeur délicate ne soit pas étouffée par le parfum puissant des lys. Toutefois, cela signifiait que Rafael Sanguardo était présent partout dans son appartement…

Par bonheur, les séances de photos l'accaparaient chaque jour. Mais le soir, quand elle rentrait chez elle, elle retrouvait les messages de Rafael Sanguardo. Le troisième bouquet était constitué de roses presque blanches en boutons. Elle les posa près des freesias. S'il continuait comme ça, elle n'allait pas tarder à pouvoir ouvrir une boutique de fleuriste… Malgré elle, cette pensée lui arracha un sourire.

Mais ce soir-là, un nouveau message téléphonique lui apprit qu'elle allait avoir un répit. Rafael lui annonçait qu'il partait en Asie pour une semaine. Ensuite, il reviendrait à Londres.

— J'espère que votre emploi du temps vous laissera une soirée libre, concluait-il. Je vous appellerai.

Cet homme était incroyable ! Le fait qu'elle ne réponde pas ne semblait pas le déstabiliser le moins du monde. Et sa voix grave et chantante restait présente en elle, même quand elle effaçait les messages.

Devait-elle le rappeler pour lui dire qu'il perdait son temps ? Non, cela lui semblait si difficile. Pourquoi ne comprenait-il pas ? Pourquoi ne la laissait-il pas tranquille ? Elle voulait juste qu'il disparaisse de sa vie. Etait-ce si compliqué ?

Hélas, la voix de Rafael, ses attentions, éveillaient en elle des sensations qu'elle préférait ignorer. Que faire ? Fuir ?

Et pourquoi pas ? Puisqu'il était en voyage, pourquoi ne pas faire de même ? Loin de Londres, elle pourrait cesser de penser à lui.

Le lendemain matin, fermement résolue, elle se rendit à son agence et demanda s'il était possible de trouver des séances à l'étranger.

Son agent la regarda avec surprise, presque vexé.

— Mais enfin, Celeste, tu viens à peine de laisser tomber Reiner, tu ne crois tout de même pas que je peux te trouver un nouvel engagement par magie !

Mais il se calma très vite.

— Enfin, je te comprends… Karl ferait fuir n'importe qui. Attends un peu. Je vais passer quelques coups de fil.

Pendant qu'il téléphonait, Celeste alla s'installer dans un confortable fauteuil de cuir blanc qui trônait dans le hall. Mais à peine s'était-elle assise que la porte s'ouvrit. C'était un mannequin qu'elle ne connaissait pas, à la peau très blanche et aux cheveux aussi blonds que les siens. Elle semblait très jeune, encore adolescente, et assez hésitante. L'un des secrétaires l'accueillit, et elle alla s'installer à son tour dans un fauteuil, croisant ses longues jambes avec une maladresse touchante.

Celeste ne pouvait s'empêcher de la regarder. Elle lui rappelait celle qu'elle avait été. Des souvenirs lui revinrent — insupportables.

Saisissant un magazine, elle s'efforça de se plonger dans sa lecture. Au bout de quelques instants, son agent la rappela.

— Hawaii, ça irait ? Cinq jours, à la fin de la semaine prochaine ? Un de leurs mannequins leur a fait faux bond — elle vient juste de tomber enceinte !

Celeste hocha la tête. Hawaii était presque au bout du monde ; suffisamment loin en tout cas pour s'éloigner de Londres… et de Rafael Sanguardo.

En sortant du bureau, elle croisa la jeune mannequin qui sortait d'un autre bureau, en lançant un joyeux :

— C'est génial ! Merci encore !

Elles se retrouvèrent près de la porte de l'agence.

— Il vous a trouvé un casting ? demanda Celeste d'un ton amical.

— Oui. Mon tout premier ! C'est demain, pour une crème de jour. Pourvu que je ne me lève pas avec un bouton sur le front !

Celeste éclata de rire.

— A partir de maintenant et jusqu'à demain, ne buvez que de l'eau, et ça ira. Et qui est le client ?

Elle voulait sympathiser avec la jeune femme, mais quand elle entendit la réponse, son sourire disparut.

— Reiner. C'est tellement génial ! Dire que je ne peux

même pas me payer leurs produits… Mais peut-être qu'ils me donneront des échantillons gratuits.

Celeste ne répondit pas. Cette fille avait l'air si jeune. *Naïve et vulnérable…*

Le souvenir la fit frissonner.

— Ecoutez-moi, dit-elle, soudain sérieuse. Si vous êtes choisie, je vous conjure de faire attention. Karl Reiner a une très mauvaise réputation, et je vous assure qu'elle est méritée.

Elle décida toutefois de ne pas parler de son expérience personnelle. Après tout, il y avait peu de chances pour que la jeune femme soit choisie dès son premier casting. Inutile de gâcher son plaisir.

Dans son sac, elle saisit un morceau de papier sur lequel elle griffonna son numéro de portable.

— Je m'appelle Celeste Philips. Nous pourrions boire un café ensemble, un de ces jours.

Les yeux de la jeune fille se mirent à briller.

— Ce serait super, merci ! Je ne connais aucun autre mannequin… Mes colocataires travaillent toutes dans des bureaux. Au fait, je m'appelle Louise. Louise Foreman.

— Eh bien, bonne chance, Louise.

Elle se retint à grand-peine d'ajouter « mais pas pour demain ».

Toute à son enthousiasme, la débutante s'éloigna vers la station de bus, non sans lui promettre de l'appeler très vite.

Troublée, Celeste la regarda s'éloigner. Elle lui rappelait tant ses propres débuts… L'époque où elle était persuadée de faire fortune dans le mannequinat. L'époque des rêves et des espoirs. L'époque où…

Ne pas penser à cela. Elle referma à double tour les portes blindées de sa mémoire. Des portes que l'insistance de Rafael Sanguardo mettait aussi à rude épreuve.

Comme elle aurait voulu l'oublier et retrouver sa vie calme et rassurante !

Mais elle ne parvenait pas à effacer son image.

Sourcils froncés, Rafael scrutait les chiffres qui défilaient à vive allure sur son ordinateur portable. La voix de son chauffeur l'interrompit dans ses calculs.

— Désolé de vous déranger, Monsieur, mais Mlle Philips arrive.

— Merci, répondit-il en refermant son portable pour regarder par la vitre de sa voiture immobile.

Il la vit immédiatement. En jean, tennis et sweat-shirt gris, les cheveux attachés, un gros sac de cuir pendu à l'épaule, sans le moindre maquillage, elle paraissait plus jeune encore que d'habitude, fraîche et alerte, débordant de santé.

Rafael la regarda marcher, analysant ses sentiments. Ils n'avaient pas changé. Même ainsi, sans aucun apprêt, elle était belle à couper le souffle. Il ne voyait qu'elle.

Il sortit de la voiture. Quand elle l'aperçut, elle s'arrêta net sur le trottoir. Il s'approcha d'elle.

— Vous me fuyez vraiment, n'est-ce pas ? demanda-t-il doucement.

Celeste le fusilla du regard.

— Que faites-vous ici ?

— Je viens vous inviter à dîner, répondit-il avec désinvolture, comme s'il ne remarquait pas son hostilité.

Dans les yeux bleu-vert, il vit passer une étincelle.

— Je vous remercie, mais c'est non.

Fronçant les sourcils, elle ajouta :

— Je vous croyais en Asie ?

— Je suis revenu plus tôt que prévu, répondit-il d'une voix douce. Je ne voulais pas rester plus longtemps loin de Londres.

Puis, plus bas :

— De vous.

Les joues de la jeune femme s'empourprèrent. Oh ! Comme il aurait aimé poser la main sur ce visage… C'était sa peau qui la trahissait. *Plus que sa peau, son corps tout entier.* Elle avait beau faire la morte, ne pas répondre à ses appels, elle ne pouvait dissimuler la façon dont elle réagissait à sa présence.

— Alors, reprit-il. Etes-vous libre ce soir ?

Elle se raidit.

— Ecoutez, je ne pense pas…

— C'est très bien, la coupa-t-il.

Cette fois, il ne souriait plus.

— Ne pensez pas, Celeste. Contentez-vous de sourire et de répondre « Pourquoi pas ? Quelle bonne idée. » Et puis je sourirai aussi, et nous déciderons de l'heure à laquelle ma voiture viendra vous chercher ; puis vous rentrerez chez vous pour vous faire encore plus belle que vous ne l'êtes maintenant. Moi, j'irai me plonger dans mon travail, comme je le fais depuis que je vous ai rencontrée, parce que c'est la seule chose qui m'empêche de penser à vous de façon obsessionnelle. Alors, c'est d'accord ? La voiture sera devant chez vous à 20 heures.

Elle ouvrit la bouche pour répondre, mais il posa un doigt sur ses lèvres pour la faire taire et soutint son regard inquiet.

— Rien qu'un dîner, Celeste. Simple, agréable, sans engagement. Nous apprendrons à mieux nous connaître. Nous parlerons astronomie, géologie, et qui sait quelles autres sciences. Ensuite seulement… si nous nous apprécions mutuellement… eh bien, nous verrons, n'est-ce pas ? Voilà. Est-ce si difficile à accepter ?

Il laissa tomber sa main.

— Juste un soir, Celeste. C'est tout ce que je vous demande.

Puis il fit volte-face et remonta dans sa voiture qui démarra et s'éloigna.

Il ne la vit pas porter la main à ses lèvres, juste là où il l'avait touchée.

5.

A 20 heures précises, Celeste vit arriver la voiture devant son immeuble.

Elle allait dîner avec Rafael Sanguardo. Une folie, sans l'ombre d'un doute. Hélas, elle n'avait d'autre choix. Ne serait-ce que pour lui expliquer que rien n'était possible entre eux.

Tendue, elle sortit de chez elle et descendit l'escalier. Elle avait choisi une robe stricte d'un gris clair, avec seulement une ombre de maquillage et relevé ses cheveux en chignon.

Elle était encore plongée dans ses pensées quand la voiture s'arrêta devant un restaurant qu'elle ne connaissait pas — une grande demeure à la façade blanche de Knightsbridge. Lorsqu'elle entra, elle aperçut immédiatement l'homme qui occupait ses pensées depuis quelques jours.

Rafael Sanguardo se leva pour l'accueillir.

— Vous êtes venue, dit-il d'une voix chaude — cette voix qui lui faisait battre le cœur.

— Vous en doutiez ?

Il leva un sourcil.

— Etant donné vos réticences, je n'étais pas sûr.

Elle ne répondit rien, se contentant de s'asseoir sur le siège qu'il lui présentait. Le serveur leur tendit des menus avant de s'éclipser discrètement.

La salle était pratiquement pleine ; pourtant, les tables

étaient arrangées de manière à ce que chacun puisse se sentir à l'aise. Les nombreuses plantes vertes et les ors victoriens donnaient à l'ensemble une atmosphère luxueuse et intimiste.

— C'est peut-être un peu vieux jeu, admit Rafael quand il la vit parcourir le restaurant des yeux, mais la cuisine est exceptionnelle, et je pense que nous n'y croiserons aucune de vos connaissances de la mode.

— Vous avez sans doute raison. C'est la première fois que je viens ici.

— Tant mieux. Je suis heureux de pouvoir vous offrir une nouvelle expérience. Aux nouvelles expériences, conclut-il en levant son verre.

Celeste se mordit la lèvre sans répondre. Ils se plongèrent tous les deux dans l'étude du menu… ce qui, pour elle, était une façon d'éviter de le dévorer des yeux. D'où lui venait cette curiosité, cette attirance pour cet homme ?

— Mangerez-vous un peu plus qu'au gala de charité ? demanda-t-il soudain.

Elle releva la tête.

— Sans doute. Je n'ai pas déjeuné à midi, alors j'ai droit à un écart ce soir.

Il hocha la tête.

— Alors, je vous conseillerai le camembert au four, le confit de canard et la mousse au chocolat. Qu'en pensez-vous ? lança-t-il.

Une étincelle d'humour pétillait dans ses yeux.

— J'ai dit un écart, pas une orgie. Ce sera les crevettes et la sole. Sans sauce, je vous prie, dit-elle au serveur.

— Quel festin, murmura Rafael, toujours souriant. Irez-vous jusqu'à boire un peu de vin, tout de même ?

— Un verre de blanc sec, peut-être.

A peine eut-elle répondu qu'elle le regretta. Rafael Sanguardo la perturbait déjà suffisamment pour qu'elle évite l'alcool…

Mais, déjà, il s'entretenait avec le sommelier dans une conversation experte. Quelques instants plus tard, celui-ci leur apporta une bouteille. Puis les serveurs s'éloignèrent, et elle se trouva en tête à tête avec lui.

— Alors, que pensez-vous du vin ? commença Rafael.

Elle en but une gorgée, reconnaissante de la diversion.

— Très bon, répondit-elle.

Et c'était vrai.

— J'en suis ravi. Je me suis dit que nous garderions le champagne pour notre petit déjeuner au lit demain matin.

Elle faillit s'étouffer dans son verre. Comment osait-il... c'est seulement alors qu'elle perçut la lueur malicieuse dans ses yeux.

— Vous me croyez réellement capable de telles pensées, n'est-ce pas ? fit-il.

Puis, redevenant sérieux :

— Je n'ai jamais rencontré quelqu'un d'aussi méfiant que vous. Je suis encore étonné que vous ayez accepté de dîner avec moi. Cela signifie-t-il que vous vous sentez un peu en sécurité avec moi ?

Celeste haussa les sourcils, stupéfaite. En *sécurité* ? Comment aurait-elle pu, alors qu'il transperçait une à une toutes ses défenses ?

Elle se ressaisit. Il venait de lui donner l'occasion de mettre les choses au point.

— Monsieur Sanguardo...

— Rafael, la corrigea-t-il.

Mais elle se refusait à prononcer son prénom. Cela créerait une familiarité à l'opposé de ce qu'elle cherchait.

— Je dois être claire avec vous, continua-t-elle en jouant nerveusement avec son verre de vin.

Même si elle fréquentait peu d'hommes, il lui était déjà arrivé de devoir s'expliquer ainsi. Alors pourquoi était-ce si difficile aujourd'hui ?

Parce que, jusque-là, les hommes qu'elle avait dû repousser ne lui inspiraient rien.

Elle ne voulait pas lui dire non. Cette réalité la frappa de plein fouet.

Pour la première fois de sa vie, elle avait rencontré un homme qu'elle ne parvenait pas à repousser. Un homme qui ne lui était pas indifférent.

Car elle devait se l'avouer : dès le premier regard, il avait fait vibrer en elle quelque chose de nouveau, d'inconnu. Quelque chose qu'elle devait combattre de toutes ses forces. Elle ne devait pas tomber amoureuse de Rafael Sanguardo. Ni de personne. Pas avec ce qui s'était passé. Jamais elle ne serait libre, pour aucun homme.

— Parfaitement claire, reprit-elle en le fixant droit dans les yeux. Ne le prenez pas personnellement, mais je ne voudrais pas vous laisser croire qu'il puisse y avoir quoi que ce soit de plus entre nous que ce… dîner.

— Pourquoi donc ? demanda-t-il avec un air de franche curiosité.

— Eh bien, parce que…

Elle se tut. Au bout de quelques secondes, il reprit :

— Parce que ?

Son verre entre les doigts, il la regardait sans la moindre animosité.

— Parce que je ne fais pas ce genre de choses, voilà pourquoi, lâcha-t-elle tout à trac.

— Ce genre de choses ? C'est tout à fait limpide, mais… pourriez-vous développer un peu ?

Elle inspira profondément.

— Comme je vous l'ai dit, il ne faut pas le prendre personnellement. J'ai simplement pour règle de refuser les rendez-vous galants et… tout le reste.

— Comme les petits déjeuners au lit avec du champagne ?

— Exactement !

Rafael se tut quelques instants avant de répondre :

— Eh bien, si votre monde est peuplé de gens comme Karl Reiner, je peux comprendre cette règle. Mais, Celeste…

Son regard se fit encore plus intense, lui brûlant le cœur.

— … je peux vous assurer que je ne suis pas ce genre d'hommes et que vous n'avez rien à craindre de moi. Je pensais que vous l'aviez compris, mais je suis prêt à vous le répéter aussi souvent que nécessaire, et à vous le prouver.

— Ne vous méprenez pas. Je ne vous assimile pas à Karl. C'est seulement que…

Elle se tut encore et détourna la tête, à la fois pour se soustraire à son regard inquisiteur et pour se plonger dans son passé, ce passé qui la faisait souffrir sans répit. Quand elle releva la tête, ce fut avec une détermination nouvelle.

— Je n'aime pas les rendez-vous galants. Je n'ai pas de relations, ni d'aventures ni quoi que ce soit. Je ne sors pas avec des hommes. Ni avec des femmes, d'ailleurs. Je veux être seule. C'est tout.

Un silence assourdissant accueillit ses paroles.

Face à elle, Rafael Sanguardo reposa son verre sur la table. Puis, avec une lenteur calculée, il posa la main sur la sienne — une main chaude et rassurante. Cela ne dura qu'un instant ; mais, quand il retira sa main, Celeste se sentit soudain seule et abandonnée.

— Alors, nous irons tout doucement.

Elle secoua la tête, un poids sur la poitrine. Mais ce n'était pas un poids écrasant, tout au contraire. Plutôt une sensation… confortable.

Non. Elle ne devait pas penser ce mot. Pas le ressentir.

— Aussi doucement que la dérive des continents, poursuivit-il.

Dans ses yeux de basalte, elle découvrit une expression

nouvelle — une expression d'ouverture et d'empathie, qui faillit lui mettre les larmes aux yeux.

— Cela vous conviendrait-il ?

Elle sentit sa tête s'incliner. La dérive des continents...

Elle faillit éclater d'un rire cynique. Elle qui voulait une île, une île éloignée de tous continents, qui s'éloignerait un peu plus chaque jour... impossible avec un homme comme Rafael Sanguardo.

Elle aurait voulu lui répondre que même le temps géologique ne suffirait pas à accomplir son projet, mais elle ne parvint pas à ouvrir la bouche.

— C'est d'accord, alors, acheva-t-il d'une voix douce.

Puis, reprenant le ton de la conversation :

— Je crois que voilà nos entrées...

Elle fut reconnaissante de cette diversion, qui lui donnait l'occasion de se reprendre. Que venait-il de se passer au juste ? Elle l'ignorait. Elle avait réussi à lui dire ce qu'elle voulait, voilà ce qui comptait. Et il n'avait pas manifesté le désir de la presser, de la brusquer... ce qui voulait dire qu'elle pouvait, ce soir au moins, baisser un peu sa garde.

Elle en avait tellement envie...

Et puis, elle ne pouvait pas le planter là. C'aurait été impoli et infantile de sa part. Après tout, il n'avait rien fait de mal.

Au contraire. Quand il l'avait sauvée de Karl Reiner, il s'était montré chevaleresque et protecteur. Et maintenant, il se montrait attentionné... que pourrait-elle lui reprocher ?

A lui, rien, évidemment. Mais à elle... De nouveau, ses souvenirs la rattrapèrent, lui rappelant inlassablement qu'elle ne pourrait jamais accepter ce qu'il lui offrait.

Elle n'aurait rien d'autre que ce petit moment avec lui.

Alors, autant en profiter, et sortir un peu de sa réserve.

Ensuite, elle rentrerait chez elle et reprendrait sa vie de solitude. Pour toujours.

Lentement, très lentement, elle sentit la tension en elle décroître, et se prêta à la conversation.

— A ce qu'on m'a raconté, dit Rafael Sanguardo, cette maison a été construite par un riche banquier de l'ère victorienne qui a fait faillite à force de vouloir impressionner l'aristocratie — comme les cavaliers qui passaient par Rotten Row, je suppose. Mais ils l'ont toujours considéré comme un parvenu.

— A l'époque, répondit-elle, l'argent devait provenir de la famille. Faire fortune soi-même semblait vulgaire.

— Alors, je n'aurais pas eu ma place, dit Rafael avec une lueur d'humour dans les yeux.

— En réalité, je crois qu'entrer dans la bonne société était plus facile pour les étrangers. Personne ne vous connaissait, vous comprenez…

— Vraiment ? demanda-t-il. Vous ne pensez pas qu'on m'aurait regardé comme un sauvage échappé de la jungle ?

Elle sourit.

— Je crois plutôt qu'on vous aurait considéré comme exotique. Et mystérieux.

Et les jeunes filles de bonne famille se seraient pâmées à vos pieds par dizaines.

Rafael se mit à rire.

Non. Par centaines.

Celeste s'efforça de penser à autre chose. Maintenant qu'elle avait clairement exprimé ses réserves, il fallait que cessent ces fantasmes ridicules.

Pourtant, le simple fait de se trouver assise face à lui, à l'écouter et le regarder, la plongeait dans une étrange confusion.

— A vous entendre, j'aurais été un genre de personnage à la Dickens, dit-il.

— Peut-être pas Dickens. Plutôt Joseph Conrad, à mon

avis. Vous avez lu son roman *Nostromo ?* Il se déroule en Amérique centrale, je crois. Il parle d'une ville minière où l'argent corrompt tout le monde.

— C'est inspiré d'un lieu réel, au Pérou, répondit-il. Et cette mine d'argent a causé de nombreuses morts, en particulier chez les mineurs exploités par leurs maîtres.

Son expression changea et il poursuivit :

— Cela vous paraîtra peut-être ironique, mais mon pays a finalement eu de la chance de ne posséder pratiquement aucune matière première ; car, bien souvent, cela n'a pas profité aux populations des pays qui en possédaient…

— Maraguas est-il un pays pauvre ? demanda-t-elle.

— Très. Mais la situation s'améliore peu à peu. Un nouveau gouvernement a été élu il y a quelques années, et il a apporté de nombreux changements positifs. Il a compris que la prospérité vient des investissements — investissements dans les infrastructures, l'environnement, l'éducation, les entreprises — et par le travail de chacun.

Elle le regarda avec curiosité.

— Mais vous vivez et travaillez entre l'Europe et les Etats-Unis, n'est-ce pas ?

— C'est là que se trouvent mes entreprises, oui. Mais je sacrifie à la tradition latino-américaine de continuer à envoyer des fonds pour soutenir mon pays. Dans mon cas, cela signifie implanter des projets dans la région, qui bénéficieront aux pays. Nous sommes tout un petit groupe de Maraguasyens qui avons de l'argent et œuvrons ensemble pour notre nation et nos concitoyens.

— Je trouve cela… admirable.

Rafael se contenta de hausser les épaules.

— C'est simplement du bon sens économique. La prospérité engendre la prospérité — l'Occident l'a appris au siècle dernier. Lorsqu'un peuple s'enrichit, l'économie s'enrichit à son tour, en un cercle vertueux.

Celeste fronça les sourcils.

— Mais n'y a-t-il pas un risque de pollution et de dégradation de l'environnement lorsque le niveau de vie s'améliore et que la demande des consommateurs augmente ?

— Si. C'est pourquoi nous nous consacrons au développement durable et tentons de réparer les dommages du passé.

Et il se mit à parler des programmes de reforestation et d'écotourisme qu'il soutenait avec une chaleur communicative.

Rafael laissa son regard errer sur le joli visage de Celeste. Elle l'écoutait avec passion. Comme Madeline l'avait fait. Il en était presque déçu, tant il souhaitait que Celeste soit en tout point différente de Madeline.

Mais c'était peut-être le cas. Car Madeline, en dépit de ses talents en matière d'économie, ne s'était jamais réellement préoccupée des populations et des hommes. En réalité, elle s'était souvent opposée à lui concernant l'écotourisme et la conservation des ressources naturelles.

Il se souvenait de sa voix assurée et un rien dédaigneuse : « Les forêts tropicales sont des ressources économiques qu'il faut exploiter ! Tu ne peux pas compromettre la croissance pour des considérations sentimentales sur trois arbres et les singes qui y vivent ! Enfin, Rafael, tu sais bien que nous vivons dans un monde de compétition, et que toi et moi devons tout à notre capacité à faire de l'argent. »

Sa véhémence et son mépris auraient dû lui mettre la puce à l'oreille. Celeste, en revanche, réagissait avec enthousiasme. Oui, elle avait les mêmes valeurs que lui, il en était certain.

Et il y avait bien d'autres choses qu'il aurait voulu

partager avec elle — dont un lit. La prendre dans ses bras, l'embrasser, la caresser…

Mais, à sa grande frustration, elle le rejetait — comme elle rejetait tous les hommes.

C'était la faute de types comme Karl Reiner, qui usaient de leur argent pour convaincre leurs mannequins de coucher avec eux, qui les exploitaient et les manipulaient. Pas étonnant que Celeste soit sur la défensive…

A moins qu'elle n'ait repoussé Reiner que pour trouver un homme plus riche ?

Il savait qu'il était pour beaucoup de femmes vénales une cible privilégiée. N'était-ce pas justement ce qui l'avait poussé vers Madeline au départ ? Le fait qu'elle soit aussi riche que lui.

Assez ! Il refusait de penser plus longtemps à Madeline. Celeste était honnête, digne de confiance. Elle n'avait rien d'une femme qui monnayait ses charmes pour le plaisir.

Dans son pays, certaines populations étaient encore si pauvres que les femmes n'avaient d'autres choix que de vendre leur corps pour survivre. En Occident, c'était plutôt une question d'argent facile…

Non, jamais Celeste ne s'abaisserait à cela, inutile de se montrer si suspicieux. Il devait se concentrer sur le plus important : comment la séduire. Et pour cela, il devait lui laisser le temps de se détendre, de baisser sa garde. D'apprécier sa compagnie tout comme il appréciait la sienne ce soir-là.

Repoussant ces pensées, il revint à la conversation :

— La sole est-elle à votre goût ? demanda-t-il.

— Elle est parfaite.

— Puis-je vous proposer au moins une petite cuillère de sauce hollandaise ? continua-t-il en désignant la saucière.

— Vous me tentez, mais je ne céderai pas.

A peine Celeste eut-elle prononcé ces paroles qu'elle

prit conscience de leur double sens. La lueur amusée réapparut dans les yeux de Rafael.

— On peut toujours espérer, murmura-t-il.

Elle secoua la tête avec une exaspération feinte. En réalité, elle commençait à apprécier son sens de l'humour, taquin sans être menaçant.

En dépit de son assurance, de la dureté même, qui perçait parfois dans son ton, cet homme dégageait quelque chose de troublant. Une authentique générosité, et une façon unique de la respecter et de l'apprécier. Sa façon d'intervenir dans la scène avec Karl Reiner l'avait prouvé.

Toutes ces qualités ne le rendaient que plus dangereux… parce qu'il l'attirait. Et qu'elle ne pouvait en aucun cas se laisser aller à ce penchant.

Profiter de cette soirée, et la garder comme un souvenir tout le reste de sa vie, voilà ce qu'elle devait faire.

Faisant mine d'ignorer la dernière remarque de Rafael Sanguardo, elle loua la qualité de la nourriture et poursuivit la conversation. Elle savait que l'unique verre de vin blanc qu'elle s'était autorisé l'aidait à abaisser ses barrières, et elle le fit durer d'autant plus. Pour tout avouer, leur discussion l'enchantait, passant des sujets les plus sérieux à des pointes d'humour et de confidences avec une facilité déconcertante.

Au-delà de l'attirance physique qu'elle éprouvait bien malgré elle, elle découvrit un homme fin et subtil, déterminé et responsable… un homme pour qui elle se mit à éprouver un véritable respect.

Et peut-être davantage… Non. Elle ne pouvait se le permettre. Elle devait éviter de soutenir son regard, de laisser ses propres yeux courir sur son visage et ses épaules athlétiques ; elle devait ignorer les papillons que faisaient naître dans son ventre sa voix basse et chaude, sa virilité si manifeste. Mieux valait masquer ses émotions et rester distante.

Mais, tandis que Rafael parlait du nouvel hôtel qu'il finançait sur le front de mer à Maraguas, elle vit un autre couple prendre place à une table non loin de la leur. A sa grande stupéfaction, elle reconnut Karl Reiner. L'instant d'après, avec un frisson d'appréhension, elle comprit que la femme qui l'accompagnait était Louise, le jeune mannequin qu'elle avait rencontré la veille.

Percevant son trouble, Rafael s'interrompit.

— Que se passe-t-il ?

Celeste hésita un instant.

— Karl Reiner vient d'entrer, en compagnie d'une jeune femme. C'est un mannequin, mais elle débute. En fait, c'est encore une adolescente.

Elle tremblait de rage. Rafael posa une main sur la sienne.

— Vous pensez qu'elle est mineure ?

— Sans doute pas, mais qu'importe ? Je redoute le pire.

— Je vous comprends. Contentez-vous de les surveiller. Reiner vous a-t-il reconnue ?

— Non. Il ne peut pas me voir. Il y a une plante verte entre nous. Ce n'est pas lui qui importe, mais elle.

Ils se remirent à manger et à discuter, mais Celeste continua à surveiller Louise du coin de l'œil.

Le serveur vint débarrasser leur table. Quand il s'éloigna, Celeste surprit sur le visage de Louise une expression étrange : elle semblait absente, presque ailleurs, les épaules affaissées. Elle porta un verre à ses lèvres — de l'eau ? De la vodka ? — avant de le reposer et de se mettre à manger de façon curieusement lente.

Karl Reiner tendit la main au-dessus du verre de la jeune fille et y laissa tomber quelque chose.

Se levant d'un bond, Celeste traversa le restaurant d'un pas furieux pour se planter devant la jeune fille.

— Bonjour, Louise, dit-elle d'une voix amicale.

Au prix d'un effort visible, Louise leva la tête et sourit.

— Bon… jour, articula-t-elle avec difficulté.

Ses yeux étaient vitreux, mais elle parut la reconnaître.

— Qu'est-ce que vous fichez ici ? cria Karl Reiner.

Celeste le fusilla du regard.

— Vous avez mis quelque chose dans le verre de Louise. Je vous ai vu ! Et à en juger par son état, ce n'est pas la première fois ce soir.

Le visage de Karl s'empourpra.

— Proférez encore ce genre d'accusation et je vous colle un procès !

Celeste sentit une main sur son épaule. Rafael Sanguardo était là, à ses côtés. Quand il parla, ce fut d'une voix calme mais tranchante.

— Un instant, je vous prie.

Il se pencha pour saisir le verre de la jeune fille et le renifler. Celeste secoua la tête.

— Le Rohypnol se dissout instantanément et ne laisse aucune odeur, objecta-t-elle.

— Du Rohypnol ? protesta Karl. Mais de quoi parlez-vous ?

Elle s'apprêtait à lui adresser une repartie cinglante, mais Rafael la devança.

— Si vous n'avez rien mis dans ce verre, je suppose que vous ne verrez pas d'inconvénient à le boire vous-même ? proposa-t-il en tendant le verre à Karl.

Ce dernier ne fit pas mine de le prendre.

Cela suffit à Celeste. Se penchant sur Louise, elle la prit par les épaules.

— Il est temps de rentrer à la maison, dit-elle en l'aidant à se relever.

— Je vais bien, assura la jeune fille.

Mais quand elle se mit debout, les jambes lui manquèrent et elle faillit tomber. Le maître d'hôtel, sans doute conscient qu'il se passait quelque chose, arriva sur ces entrefaites. Rafael se tourna vers lui.

— Apportez-nous une petite bouteille d'eau minérale, je vous prie. L'invitée de M. Reiner ne se sent pas bien, et nous allons la raccompagner.

L'homme fit signe à un serveur, qui revint quelques instants plus tard avec la bouteille demandée. Rafael s'en saisit et l'ouvrit sous le regard du maître d'hôtel, avant d'en vider le contenu dans une carafe. Puis il entreprit de verser le contenu du verre dans la bouteille avant de la refermer et de la glisser dans sa poche.

— Nous allons faire analyser ceci.

— Vous n'avez pas le droit ! s'écria Karl en se levant d'un bond.

— Je crois que si, rétorqua Rafael. Cela dit, nous pouvons appeler la police pour lui soumettre l'affaire, si vous préférez.

Sous le regard stupéfait du maître d'hôtel, il se tourna vers Celeste.

— Peut-elle marcher, d'après vous ?

Celeste aida la jeune fille à se redresser, l'encourageant doucement.

— Allons-y, Louise.

Ils traversèrent la salle avec précaution. Rafael fit appeler sa voiture. En passant devant la réception, il demanda qu'on inscrive la note sur son compte.

— Oh ! ajouta-t-il, et annulez la réservation de la chambre pour M. Reiner. Il n'en aura pas besoin cette nuit.

L'expression sur le visage du réceptionniste montra qu'il ne se trompait pas.

— Les chambres sont situées à l'étage, expliqua-t-il ensuite à Celeste. Et non, je n'en avais pas réservé une à l'avance. Je laisse ce genre de choses à l'homme qui a mis Louise dans cet état.

Avec précaution, il aida Celeste à installer la jeune fille quasi inconsciente dans la voiture. Quand ils furent parvenus à lui soutirer son adresse, le chauffeur se mit en route.

Tandis que la voiture traversait Londres, il se tourna vers Celeste.

— Avez-vous vraiment vu Karl verser quelque chose dans son verre ?

— Oui ! Et je vous assure que l'analyse sera positive ! répondit-elle avec véhémence.

Rafael leva la main.

— Celeste, je ne connais pas le statut légal du Rohypnol, ou quoi que ce soit que contienne ce verre, mais il peut s'avérer très difficile, sinon impossible, de prouver quoi que ce soit contre lui.

En dépit du regard furieux de la jeune femme, il poursuivit :

— Alors, ramenons-la simplement chez elle, d'accord ? Vous pourrez toujours parler avec elle demain. Le problème, voyez-vous, c'est qu'elle a dû accepter l'invitation de son plein gré, et que Karl Reiner pourra toujours prétendre qu'elle était consentante à absorber ce produit. Je sais que ce n'est pas votre genre, mais certaines femmes se prêteraient au jeu.

Et à bien pire…

Il vit Celeste se figer ; dans la lueur des réverbères qui défilaient, son visage paraissait spectral.

Louise poussa un grognement.

— Je vais être malade.

Sans un mot, il tendit à Celeste une pochette de mouchoirs en papier. Par bonheur, ils ne furent pas nécessaires et, un quart d'heure plus tard, la voiture s'immobilisait devant l'adresse indiquée, dans le quartier d'Earls Court. Ils aidèrent Louise à gravir les marches qui menaient à son appartement, où une de ses colocataires prit le relais.

Celeste prit le temps de lui expliquer ce qui s'était passé.

— Sans doute du Rohypnol. Mélangé à de la vodka.

Dites-lui de m'appeler demain. Je suis Celeste Philips — nous travaillons pour la même agence. Il faut que je lui explique les règles de base si elle veut survivre dans ce métier.

Revenus à la voiture ils s'installèrent côte à côte. Après un long silence, il se tourna vers Celeste. Le visage de la jeune femme était tendu et inquiet, et elle avait fermé les paupières. Comme elle prenait cette histoire à cœur…

Soudain, les paroles de Celeste lui revinrent à la mémoire.

« Je n'ai pas de relations, ni d'aventures ni quoi que ce soit. Je ne sors pas avec des hommes. »

Se pouvait-il qu'il lui soit arrivé la même chose ? Si elle avait été trompée, blessée, son attitude actuelle s'expliquait. Elle pouvait se reconnaître dans la jeune Louise. Et si personne n'était venu à son secours à l'époque, pas étonnant qu'elle se méfie des hommes…

Eh bien, ce serait à lui de changer ça. Il lui montrerait que le désir entre un homme et une femme pouvait être une belle chose.

A la voir ainsi assise près de lui, si belle et si distante à la fois, un tourbillon d'émotions s'empara de lui. Il dut se retenir pour ne pas lui caresser la joue, passer une main consolatrice dans ces cheveux d'or…

Elle n'ouvrit les yeux que lorsque la voiture s'arrêta devant son appartement.

Alors, leurs regards se rencontrèrent — et cette fois elle était sans défense ni masque, ouverte à lui. Il en eut le souffle coupé. Sans pouvoir se contenir, il lui saisit le menton entre ses doigts et inclina la tête pour l'embrasser.

Il la sentit tressaillir, mais il était trop tard. Il s'abandonna à l'instinct qui le poussait à poser ses lèvres sur les siennes, dans un baiser à la fois intense et timide, presque hésitant.

Comme il aurait voulu faire fondre toutes ses réticences, et l'embrasser avec toute la passion qu'elle lui inspirait !

Et, l'espace d'un instant, il la sentit fondre. Elle écarta légèrement les lèvres, et de la langue, il explora la douceur de sa bouche. Un sentiment de triomphe s'empara de lui — elle lui rendait son baiser…

Puis elle recula la tête.

Il faillit la poursuivre, insister encore. Mais son instinct lui commanda de ne pas le faire. Il ne devait pas l'effrayer, la faire fuir de nouveau.

Pourtant, tandis qu'elle s'écartait de lui, il laissa sa main jouer avec l'extrémité de ses cheveux et glisser sur la peau satinée de sa joue. Dans la pénombre de l'habitacle, il vit une flamme vaciller dans ses yeux. Il poussa un soupir.

— Celeste…

— Rafael, je… Il ne faut pas…

Elle ne put terminer.

— Ne dis rien. Je veux te promettre quelque chose, Celeste. Tout ce que tu me donneras, je te le rendrai au centuple. Je te promets que tout ira bien. Je te ferai oublier ce qui t'a fait peur, ce qui t'a blessé. Lentement, Celeste. Comme les continents…

Il se redressa, les yeux dans les siens. Puis il ouvrit la portière et l'aida à sortir de la voiture. Cette fois, il n'essaya pas de l'embrasser. Il tiendrait parole — il lui laisserait tout le temps dont elle avait besoin.

Et il sut que, si long que serait ce temps, il atteindrait son but.

Tenir Celeste dans ses bras… l'avoir dans son lit.

6.

Il l'avait embrassée ! Rafael Sanguardo l'avait embrassée ! Celeste pouvait encore sentir le contact de ses lèvres sur les siennes, comme si la magie de l'instant se prolongeait. Son cœur chantait.

Elle rentra chez elle dans un état second ; ses yeux ne voyaient pas l'appartement, mais l'intérieur de la limousine et le beau visage de Rafael Sanguardo avec son regard brûlant de passion.

Depuis combien de temps n'avait-elle pas été embrassée par un homme ? Des années. Et jamais comme ça. Cette douceur, cette magie…

Rafael…

Elle posa une main sur sa poitrine. Son cœur battait à tout rompre.

Bien sûr, elle aurait dû l'en empêcher ! Elle aurait dû dire non.

Mais elle savait qu'il aurait été impossible de résister à la caresse de ses doigts, à sa bouche, au charme puissant qui la retenait sur place, comme par magie.

Une magie qui la libérait de la prison où elle vivait depuis si longtemps.

Elle étouffa un sanglot où se mêlaient le désespoir et l'incrédulité. Pour se remettre de ses émotions, elle se fit un thé — un thé fort et chaud, la seule chose qui pourrait lui apporter du réconfort et dissiper le sort qui la liait encore à cet homme. Car elle ne devait pas se laisser aller.

Elle ne pouvait lui donner ce qu'il voulait. Il l'avait embrassée, et alors ? Peu importaient ses propres sentiments, son désir...

Les yeux dans le vague, elle but son thé. Chaque gorgée brûlante semblait effacer le goût des lèvres de Rafael. Pourtant, au fond d'elle-même, elle ne pouvait cesser de revivre inlassablement leur baiser.

De guerre lasse, elle alla se coucher. Malgré ses craintes, elle s'endormit dès qu'elle posa la tête sur son oreiller.

C'est alors qu'elle commença à rêver — mais pas du baiser de Rafael.

Des mains — des mains sur elle. Qui la touchaient. Elle ne pouvait les arrêter. Il y avait cette voix, qu'elle ne pouvait faire taire. Et sa robe qui glissait sans qu'elle puisse l'en empêcher. Alors, elle sentit les caresses sur sa peau, le souffle sur sa nuque.

Elle subissait, impuissante.

Et ne pouvait effacer le souvenir.

Rafael reposa son téléphone, un sourire satisfait au visage. Sa conversation venait de lui confirmer que Karl Reiner était mal vu, y compris au sein sa propre entreprise.

L'analyse de l'eau prise dans le verre de Louise avait confirmé la présence de Rohypnol ; au vu des précédents et de la réputation désastreuse de Karl, ses pairs du conseil d'administration avaient décidé de tout faire pour l'exclure.

Désireux de partager cette bonne nouvelle, Rafael appela Celeste. Comme d'habitude, il tomba sur son répondeur, mais il ne se laissa pas démonter, et parla à la machine sur un ton décontracté et plein de sollicitude.

— Comment allez-vous ? Avez-vous eu des nouvelles de Louise ? Prévenez-moi si vous apprenez quoi que ce soit de nouveau. J'ai des informations intéressantes sur Reiner. Rappelez-moi.

Il ne s'attendait pas vraiment à ce qu'elle le fasse, ce en quoi il ne se trompait pas. Mais le lendemain, il reçut à son bureau londonien une carte représentant une nature morte d'un peintre hollandais, qui portait simplement les mots :

« Merci pour votre aide. Celeste. »

Il reprit son téléphone et composa le numéro de son portable. Elle répondit immédiatement, la voix professionnelle.

— Celeste ? Je suis heureux de vous avoir au bout du fil.

Il entendit la jeune femme pousser une exclamation de surprise.

— Comment avez-vous eu ce numéro ? demanda-t-elle d'un ton agité.

— Louise a eu la gentillesse de me le donner. Je l'ai appelée hier soir pour lui demander de ses nouvelles. Elle m'a raconté que vous lui avez parlé. Elle vous est très reconnaissante, et a promis de ne plus jamais se montrer aussi imprudente. Je dois avouer que j'ai honteusement profité de sa gratitude pour lui demander si elle avait votre numéro de portable. Elle me l'a donné sans difficulté, en ajoutant même que nous formions un couple magnifique.

Nouvelle exclamation de surprise à l'autre bout du fil. Après quelques secondes de silence, il reprit :

— Aussi, pour ne pas la décevoir, je voudrais vous inviter au théâtre un soir. Accepteriez-vous ?

Il y eut un instant de silence puis, d'une voix déterminée, Celeste répondit :

— C'est très gentil de votre part, mais c'est impossible.

— Louise sera très déçue, vous savez. Comment lui expliquerez-vous que vous m'avez repoussé ? Elle qui était si heureuse de jouer les Cupidons…

— Vous voulez dire que vous l'avez forcée à vous donner mon numéro de portable, répliqua Celeste.

— Ce qui est fait est fait, répondit Rafael d'un ton léger. Alors, quel genre de pièces aimez-vous ? Le théâtre classique, l'opéra, les comédies musicales ?

— Ecoutez, répondit la jeune femme, je vous l'ai déjà dit : ce n'est pas… mon genre. Je ne veux pas sortir avec vous. Par principe. Ne le prenez pas personnellement.

Rafael resta silencieux un moment. Quand il reprit la parole, toute légèreté avait disparu de sa voix.

— Je vous donnerai tout le temps qu'il vous faudra, Celeste. Mais j'attends. A bientôt.

Puis il raccrocha. Réussirait-il à percer sa carapace ?

Dans les jours qui suivirent, il se jeta dans le travail. C'était la seule façon de faire passer le temps avant de rappeler Celeste. Il voulait lui laisser de l'espace et éviter de la pousser à bout.

Il avait l'habitude de travailler dix heures par jour, mais il éleva encore ce rythme, acceptant des réunions avec les dirigeants de ses entreprises et des rencontres avec des investisseurs potentiels. Il s'envola pour New York, puis Barcelone.

Quand il revint à Londres, il constata que le temps n'avait pas émoussé sa résolution. Au cours des dizaines de réunions et de dîners d'affaires qu'il venait de subir, jamais l'image de Celeste n'avait quitté son esprit. Il avait l'impression de sentir encore la douceur de ses lèvres contre les siennes, le soyeux de sa peau, le parfum de ses cheveux.

Au cours du vol retour, sa voisine de siège ouvrit un magazine féminin. Là, en pleine page, il retrouva le visage de Celeste, sa beauté éthérée et intemporelle. La photo lui coupa le souffle.

Pourtant, même sur le cliché publicitaire, il devinait à présent l'ombre qui la hantait.

Que lui était-il arrivé pour la rendre si distante ?

Quoi que ce soit, il l'en libérerait. Il s'en savait capable depuis leur baiser.

Oui, il pouvait l'aider. Grâce à lui, elle serait bientôt libre de céder à leur désir mutuel. Il pouvait la sauver de son monde de solitude, il le sentait.

Une fois dans son appartement de Londres, il appela la jeune femme et laissa un message sur son répondeur. Comme elle ne répondait pas, il essaya son portable le lendemain. Là encore, il tomba sur sa messagerie. Alors, il chargea son assistante de faire envoyer des fleurs. Mais le soir, elle lui apprit que le fleuriste n'avait pu effectuer sa livraison, car la destinataire était absente.

Le lendemain à midi, grâce à un appel à son agent, Rafael savait exactement où se trouvait Celeste : partie à l'autre bout du monde sur une île paradisiaque pour un shooting.

Rafael se laissa aller dans son fauteuil de cuir, les yeux dans le vague, parcouru d'émotions contradictoires. Il avait pensé — espéré ! — que son baiser en dirait plus long sur ses sentiments que n'importe quel discours, et qu'elle accepterait de le revoir. Mais de nouveau, elle avait fui et disparu… Pour l'éviter ?

Devait-il simplement accepter que leur amour était impossible ? Baisser les bras et la laisser dans le monde de solitude où elle s'était enfermée ?

Tout en lui se révoltait contre cette idée.

Non, il n'abandonnerait pas. Pas sans une dernière tentative de lui apporter le bonheur. Une fois sa décision prise, il appela son assistante. Il allait devoir abandonner un moment ses responsabilités et voyager à l'autre bout du monde.

Mais il le ferait. Pour Celeste. Car il aurait fait n'importe quoi pour elle.

7.

Celeste pencha la tête pour regarder à travers le hublot. L'avion effectuait son approche, et elle pouvait voir la végétation luxuriante de l'île et les falaises blanches cernées par le bleu turquoise du Pacifique. Un frisson de joie la parcourut. Après l'harassante séance de poses à Hawaii, ce voyage improvisé était une petite folie, mais elle avait décidé qu'elle la méritait.

Les autres mannequins avaient décidé de rester sur l'île d'Oahu, mais Celeste avait choisi un hôtel — outrageusement cher, mais qu'importait — sur une île reculée et si petite qu'on n'y accédait que par avion à hélices. Elle se fichait des boîtes de nuit et de la foule : elle cherchait la paix, la tranquillité et la beauté surnaturelle des paysages du Pacifique.

Et lorsque le 4x4 la déposa, avec les autres passagers de l'avion, devant l'hôtel, elle sut qu'elle avait fait le bon choix. Le souffle coupé, elle admira le patio couvert de végétation, au centre duquel trônait une fontaine de pierre. Derrière, on voyait les jardins de bougainvillées pourpres et de plantes tropicales qui donnaient sur la mer. Un *lei* — le collier de fleur traditionnel de bienvenue — autour du cou, elle demeura un instant à profiter du spectacle qui s'offrait à elle.

Une demi-heure plus tard, après s'être installée dans sa chambre — la moins chère de l'hôtel, certes, mais néanmoins magnifique et pourvue d'un balcon qui donnait sur le parc — et enduite de crème solaire, elle ressortit.

Elle longea la piscine pour déboucher sur les jardins, où de petits sentiers serpentaient entre les plantes tropicales et les ruisseaux d'eau douce. Des oiseaux de paradis et d'autres fleurs enchanteresses dont elle ignorait le nom rivalisaient de beauté et de couleurs. Une petite brise venue de l'océan rendait la chaleur supportable.

Quand elle arriva sur la plage de sable blanc, un serveur la guida vers une chaise longue installée sous un parasol ; il arrangea les serviettes et les cousins pour elle. Elle se laissa faire, acceptant avec gratitude un jus de fruits glacé. Tout en sirotant, elle se laissa aller à la contemplation de l'océan. Une sensation de paix l'envahit. Elle était loin du bruit et de l'agitation de Londres, du travail, du monde de la mode.

Loin de l'homme qui avait fait irruption dans sa vie.

L'image de Rafael Sanguardo s'imposa à elle — aussi vive et troublante qu'au premier jour — accompagnée d'une sensation douce sur ses lèvres, sur sa joue, comme si, depuis ce soir-là à Londres, il n'avait pas cessé de la caresser et de l'embrasser.

Le cœur battant, elle se redressa sur sa chaise longue. Elle ne devait plus penser à lui. Il fallait l'oublier, l'effacer de sa mémoire.

Pour chasser ces pensées, elle parcourut la brochure des activités proposées par l'hôtel. L'une d'elle captura aussitôt son attention : une randonnée astronomique sur la côte sauvage de l'île — dans une zone protégée de toute pollution lumineuse. La promenade nocturne était organisée par un guide et on pouvait utiliser des lunettes astronomiques de très haute qualité. Le tarif était prohibitif et c'était sans doute une folie, mais elle ne put résister à l'envie de s'inscrire.

Aussitôt, le souvenir de cette nuit près d'Oxford, où elle

était sortie pour contempler les étoiles… le soir où Rafael Sanguardo était entré dans sa vie, envahit sa mémoire.

Elle se mordit la lèvre. Son passé ne la laisserait pas en paix ; il reviendrait la hanter sans cesse, lui rappelant pourquoi elle ne pouvait mener qu'une vie de solitude. « Je ne sors pas avec des hommes », avait-elle dit à Rafael, au restaurant. En vérité, cela lui était impossible — interdit. Elle se trouvait à dix mille kilomètres de lui, et c'était une bonne chose.

Pourtant, tandis qu'elle se répétait cela, une pensée se glissa dans sa tête.

Dans une autre vie, d'autres circonstances, ils auraient pu admirer le ciel d'Hawaii ensemble…

Elle referma brusquement le catalogue, reposa son verre et se leva. Nager lui ferait du bien.

Otant son *lei* et son paréo, elle se dirigea vers la mer. Elle était ici pour se reposer et prendre du bon temps dans un décor paradisiaque — et elle comptait bien y arriver.

Les jours suivants, c'est exactement ce qu'elle fit. Elle profita du luxe de l'hôtel, échangeant seulement quelques mots avec les autres clients. Certes, elle s'attirait des regards de la part des hommes, mais la clientèle, essentiellement composée de jeunes mariés et de personnes âgées aisées, savait la laisser tranquille.

Pourtant, à voir les couples s'embrasser et se tenir la main, elle éprouvait parfois comme une pointe de jalousie…, mais elle détournait le regard, tout simplement. Tout comme elle s'efforçait, ensuite, de ne pas penser à ces traits sculptés, à ce regard brûlant, à cette voix grave et chaude… Il était sorti de sa vie, et c'était tout ce qui comptait. Ça, et jouir pleinement de ce séjour de rêve.

Ayant réservé la randonnée astronomique, elle avait profité du spa, fait un tour en pirogue, admiré les tortues au large des récifs et s'était essayée au bodysurf. A l'exception de ces activités, elle n'avait absolument rien fait à part nager et se prélasser au soleil.

Je pourrais rester ici toute ma vie, pensa-t-elle, allongée sur sa chaise longue, bercée par le bruit des vagues.

C'est alors qu'une voix s'éleva tout près d'elle — une voix chaude, avec une pointe d'accent.

— Bonjour, Celeste.

Elle bondit.

Vêtu d'un T-shirt bleu marine et d'un short de bain, Rafael Sanguardo se tenait près d'elle. S'emparant d'une chaise longue, il s'installa à ses côtés.

— Avant que tu ne demandes… ou plutôt que tu ne te mettes à hurler, je te réponds que c'est à cause de ton agent. Je l'ai harcelé jusqu'à ce qu'il avoue où se déroulait ta séance photo. Ensuite, j'ai retrouvé tes collègues à Oahu. Et je dois dire que tu as bon goût. Cet endroit est magnifique.

Rafael ne pouvait détacher son regard de Celeste. Son corps, son visage, c'était comme boire un nectar précieux. La revoir était si bon… Il avait l'impression qu'une éternité s'était écoulée depuis la dernière fois où il l'avait vue — le soir où ils avaient raccompagné Louise chez elle.

Celeste le regardait aussi — mais son visage exprimait tout sauf la joie.

— Que fais-tu ici ? lança-t-elle d'un ton hostile.

Il se redressa.

— C'est ma dernière tentative, Celeste. Je t'en prie, laisse-moi une chance. Si j'échoue, je te laisserai en paix. Pour toujours, je te le jure.

Je te laisserai seule dans ce monde triste et désolé où tu as choisi de vivre, ce monde sans amour ni joie…

Il vit son regard se troubler.

— Je suis venue ici pour être seule, dit-elle.

Il ne broncha pas.

— Je t'ai promis de te laisser le temps qu'il faudra, répondit-il. Mais je veux que tu me donnes une chance.

Celeste frissonna. Et il la fixait comme s'il attendait une réponse — une réponse qu'elle ne pouvait lui donner.

Son cœur battait à tout rompre, mais ce n'était pas à cause de la surprise. Seulement de la présence de Rafael Sanguardo à ses côtés.

— Je ne peux pas t'obliger à partir, répondit-elle simplement. Nous sommes dans un hôtel. Mais pour autant, n'imagine pas que…

— Je n'imagine rien, Celeste, je t'assure, répondit-il sèchement. Tu es si distante… j'ai l'impression de vivre un miracle chaque fois que tu m'adresses la parole. Mais je ne te demande rien, sauf un peu de temps et…

Sa voix avait changé ; elle était plus douce, plus grave.

— Et ta confiance. Je t'en prie, fais-moi confiance. Je ne demande rien que l'autorisation de te tenir compagnie. Nous pouvons passer du bon temps ensemble, loin de nos vies, du travail. Le temps de nous prélasser sur la plage, de profiter de la beauté de cette île, du parfum des fleurs, du chant des oiseaux… le temps d'admirer les étoiles nocturnes.

Il se tut un instant, avant de conclure :

— Me donneras-tu ta confiance pour ces quelques jours ?

Elle ne répondit rien.

Mais son silence était une acceptation.

8.

— A quel restaurant voudras-tu dîner ? demanda Rafael courtoisement.

— Ça m'est égal, répondit Celeste.

C'était de la folie, elle le savait. Comment laissait-elle tout ceci se produire ?

Elle l'avait laissé parler, s'allonger près d'elle sur la plage, lui tenir compagnie et discuter avec elle. Il lui avait proposé d'aller se baigner, mais elle avait décliné son offre. A la place, elle l'avait regardé ôter son T-shirt et s'éloigner à petites foulées avant de plonger dans les rouleaux, nageant vers le large dans un style impeccable. Quand il était revenu, ruisselant d'eau salée, elle n'avait pu s'empêcher d'admirer ses épaules, son torse parfaitement musclé et ses cuisses sculpturales. Elle n'avait pu détacher son regard de son corps d'athlète, pas plus qu'elle n'avait pu faire taire l'étrange sensation de chaleur dans ses veines.

Elle avait permis tout cela — et il était à côté d'elle tandis qu'ils regardaient le soleil plonger dans la mer turquoise. Elle ne protesta pas quand il se leva pour déposer les serviettes mouillées près d'une cabane en planches, ni quand, d'un geste, il l'invita à le suivre dans les jardins de l'hôtel.

Et voilà qu'il lui demandait de dîner avec lui.

Et elle accepterait, bien sûr. Parce qu'elle ne voulait plus penser à tout cela — plus penser du tout. Elle ne voulait plus écouter la voix qui lui disait de refuser, de lui demander de la laisser tranquille. Elle se laissait faire, incapable de protester comme d'endiguer les frissons qui parcouraient son corps quand il était près d'elle.

— Alors, je me charge de choisir, dit-il. Dans une heure au bar ?

En s'éloignant sur le sentier qui menait à son bungalow — une villa luxueuse, à l'écart, avec sa propre piscine — Rafael Sanguardo souriait. L'accompagnerait-elle un soir sur ce chemin ? Marcheraient-ils main dans la main, au soleil couchant, ivres de désir et de passion, prêts à étancher enfin la soif qui les dévorait tous les deux et pour laquelle il avait traversé deux océans et un continent ? Oh ! comme il l'espérait… et craignait en même temps que ses espoirs soient déçus.

Quand il la retrouva dans l'atrium, il ne put empêcher son cœur de bondir. Appuyée sur la rambarde, elle observait l'océan, comme, quelques semaines plus tôt à Oxford, elle s'était perdue dans la contemplation du ciel nocturne. Comme elle lui avait paru solitaire, ce soir-là… Si lointaine et si belle.

C'était à peine si elle semblait tolérer sa présence à ses côtés, mais Rafael savait qu'il revenait de loin. Elle ne le fuyait plus — et c'était déjà une réussite. Mais le chemin était long, et il savait aussi qu'à la moindre erreur de sa part, elle pourrait s'éloigner de nouveau. Il avait promis que c'était sa dernière tentative, et il tiendrait parole.

Toute pensée le déserta à la seconde où Celeste leva les yeux sur lui. Sa beauté diaphane, mise en valeur par une robe rouge à motif fleuri, dont la coupe simple soulignait son corps élancé, était plus bouleversante ce soir encore. Ses cheveux tombaient librement sur ses épaules, et elle ne portait pour tout bijou qu'un pendentif de perles.

Il s'approcha d'elle, mais demeura à distance respectable pour ne pas la brusquer. Comme elle, il admira le jardin luxuriant dans les derniers feux du jour.

— C'est vraiment magnifique, murmura-t-il.

Elle se tourna vers lui et sourit.

— N'est-ce pas ? Je ne me lasse pas de cette vue. C'est… idyllique.

Rafael ne répondit pas. Il avait appris très tôt que dans tout paradis se cache un serpent — ce serpent lové au cœur de Celeste, le noir souvenir qui l'empêchait de se livrer en toute confiance au bonheur et la poussait à fuir…

Il la sauverait. Il ferait fuir ce serpent pour toujours, et ils seraient ensemble, bientôt, il s'en faisait la promesse.

Mais avant tout, il devait ne pas l'effaroucher. Rester aimable et courtois.

— Puis-je t'offrir à boire ? Un verre d'eau minérale, peut-être ?

Elle accepta avec un sourire et Rafael se dirigea vers le bar, conscient qu'il devait tout faire pour qu'elle se sente en confiance.

Celeste suivit Rafael du regard. Il portait une tenue décontractée mais élégante, avec une chemise bleu pâle aux manches remontées. Quand il revint, un verre dans chaque main, elle admira ses avant-bras musclés, et le contraste de sa peau bronzée avec le tissu clair.

Ils sirotèrent leur verre en silence — un silence parfaitement naturel et détendu. Le bruit des vagues au loin emplissait l'air du soir.

Puis Rafael se tourna vers elle.

— Allons dîner, veux-tu ?

Elle acquiesça.

— Quel restaurant as-tu choisi ?

— Je pense t'emmener au Salon français. C'est une valeur sûre, n'est-ce pas ?

— Je n'y suis pas encore allée.

L'hôtel proposait plusieurs restaurants, et celui-ci était le plus cher d'entre eux. Elle ne laisserait pas Rafael l'inviter, par principe, alors elle devrait peut-être faire une croix sur une activité en échange, mais qu'importait après tout ?

Ils s'éloignèrent sur un chemin illuminé de flambeaux, et rejoignirent quelques instants plus tard le Salon français. Un peu à l'écart du reste de l'hôtel, le restaurant possédait une terrasse abritée sous les palmiers. On les installa à une table avant de leur présenter le menu.

Quand Celeste commanda, Rafael ne put retenir un regard surpris.

— Tu n'évites plus les sauces ?

— Pas ce soir ! Je fais attention à ce que je mange chaque jour de ma vie. Mais je suis en vacances, alors au diable les calories !

Il sourit.

— Je suis heureux de te l'entendre dire.

Tout au long du dîner, il s'efforça de se montrer léger et souriant, en maintenant la conversation sur des sujets où elle se sentirait à l'aise sans entrer dans des considérations personnelles. Il la laissait parler autant que possible — ce qui était facile car elle en savait plus sur l'île et sur l'hôtel que lui.

— Aimes-tu la plongée ? demanda-t-il ensuite.

Elle secoua la tête.

— Même avec simplement des palmes et un tuba ? Je peux t'accompagner. On m'a dit qu'il y a une crique où l'on peut voir nager les dauphins. Nous pourrions y aller en bateau…

Le visage de Celeste s'illumina.

— J'adorerais, oui !

— Très bien. Quoi d'autre ?

La conversation se déroulait avec aisance, et Celeste accepta même un deuxième verre de vin. Ce soir, elle avait l'air… insouciante. Et comme il en était heureux !

Il avait eu raison. Raison de franchir dix mille kilomètres pour tenter sa dernière chance. Raison de croire qu'il pouvait l'aider à vaincre les fantômes de son passé, à oublier les hommes comme Karl Reiner. Il ignorait ce qui lui était arrivé, mais il était persuadé que, comme Louise, elle avait subi quelque chose de terrible contre son gré. Celeste n'était pas du genre à se compromettre, à se servir de ses charmes ni à se mettre en danger.

Il leva sa tasse de café et contempla encore son beau visage à la lueur des chandelles. Chaque fois, sa beauté lui coupait le souffle.

Elle leva les yeux à cet instant et soutint son regard.

Un torrent d'émotions déferla en lui.

Celeste sentit son pouls s'accélérer. Rafael la fixait et la lumière des bougies jetait des ombres sur son visage. Oh ! être là, avec lui, le regarder, sentir la chaleur de sa présence…

Pouvait-elle lui offrir ce qu'il désirait ?

Jusqu'à ce que Rafael Sanguardo débarque dans sa vie, elle avait résolu de se tenir pour toujours à l'écart des hommes. Mais il avait vaincu ses barrières, il l'avait conduite à remettre en question cet interdit. Et maintenant qu'il la regardait, elle se sentait faiblir. Elle brûlait de l'accepter, de se donner à lui…

Pouvait-elle vraiment le faire ?

Elle seule pouvait répondre à cette question, elle en était bien consciente.

*
* *

Pour la première fois depuis son arrivée à l'hôtel, Celeste ne parvenait pas à s'endormir. Oh ! elle connaissait la cause de cette soudaine insomnie.

Rafael. Elle le désirait comme elle n'avait jamais désiré aucun homme. Depuis le premier regard. Et plus encore depuis qu'il était apparu cet après-midi à ses côtés sur la plage. Sa présence lui donnait la force de défier le passé, d'imaginer qu'elle avait droit au bonheur.

Au-dessus d'elle, le ventilateur tournait lentement, et elle se perdit dans sa contemplation. Pour la première fois depuis des années, elle était prête à lutter. Peut-être était-il impossible de se débarrasser de son passé ?

Repoussant les draps, elle se leva et se dirigea vers le balcon. Les étoiles brillaient dans la nuit du Pacifique, loin, si loin d'elle…

Elle se souvint de l'époque où, aussi jeune que Louise aujourd'hui, elle avait contemplé pour la première fois le ciel étoilé pour y chercher une réponse, ou peut-être un endroit où se réfugier, un abri contre le monde. Loin de la Terre et des hommes, de la réalité sordide dont elle était prisonnière.

Pourtant, ce soir, ce n'était pas le scintillement glacé des étoiles qui l'attirait, mais la douceur de l'air, le parfum enivrant des fleurs tropicales, le bruit de la mer, toujours recommencé…

Comme s'il lui était soudain devenu inutile de chercher les merveilles dans le ciel, de se réfugier dans l'espace. Comme si elle n'avait plus besoin de fuir le monde. Ce monde, cette île, ce jardin… tout lui apparaissait comme une bénédiction.

Y compris la présence, de l'autre côté de l'hôtel, de Rafael. L'homme qui l'attendait, qui lui faisait confiance ; l'homme à qui elle aurait pu tout donner, car elle savait qu'il la respecterait.

Etait-elle enfin libre de le faire ? De s'affranchir du passé ? Elle aurait tant voulu le croire…

Un torrent d'émotion bondissait en elle. Les paroles de Rafael lui revinrent à la mémoire. « Nous pouvons tout recommencer. » Comme l'océan, comme l'île, comme la végétation de ce jardin paradisiaque qui sans cesse se renouvelait et changeait…

« Chaque île se forme et change, dérive sans cesse, laisse son passé derrière elle. »

Si les continents pouvaient bouger, les terres changer, pourquoi pas elle ? Oui, elle pouvait recommencer et se donner à cet homme dont elle rêvait depuis leur première rencontre !

A pas lents, elle retourna vers le lit, frissonnant dans la fraîcheur de la chambre. Enfin, elle s'endormit, consciente d'avoir trouvé une réponse à ses questions.

9.

— Là ! Les voilà !

La voix de Rafael s'élevait au-dessus du fracas des vagues tandis qu'ils avançaient méticuleusement sur le filet du catamaran, juste au-dessus de l'eau translucide.

— Je ne les vois pas ! cria Celeste.

Puis elle poussa une exclamation de surprise en apercevant le banc de dauphins qui sautaient et jouaient autour du bateau.

Le pilote cria quelque chose à Rafael que Celeste n'entendit pas.

— Il dit qu'ils surfent dans notre sillage, lui expliqua-t-il.

Elle tourna la tête et aperçut, derrière eux, encore d'autres dauphins. Quand elle baissa les yeux, elle découvrit, littéralement sous ses pieds, entre les coques du catamaran, de nouvelles silhouettes nageant sous les vagues turquoise.

— Rafael ! Regarde ! Il y en a là aussi !

— Les courants ramènent les poissons vers la côte, expliqua le pilote, et notre sillage les attire aussi. Voilà pourquoi les dauphins sont si nombreux autour du bateau. Si vous venez plonger dans la baie le matin, vous pourrez peut-être nager avec eux. Prudence, toutefois. Ce sont des animaux sauvages.

Rafael secoua la tête.

— La baie leur appartient. Nous les envahissons déjà suffisamment.

Le reste de la promenade en catamaran fut un enchantement. Quand le vent se fit plus fort, un des côtés du bateau se souleva. Celeste glissa sur le filet de sécurité, mais Rafael la retint d'une main sûre. Même quand il l'eut lâchée, elle sentait encore sur sa peau la brûlure de ses doigts, dans tout son corps, la sensation de bien-être, de sécurité, qu'il éveillait en elle.

Oui, elle pouvait lui faire confiance.

Avec lui, c'était comme si le passé n'avait jamais existé.

Quand, la promenade en mer terminée, ils accostèrent, ses jambes se dérobèrent sous elle. De nouveau, Rafael la rattrapa et la soutint, un bras autour de sa taille. Elle lui sourit, rattachant ses cheveux dans son foulard.

— Tout va bien ? demanda-t-il.

Elle hocha la tête. Il la lâcha avant de saluer le pilote. Puis ils montèrent dans le buggy prêté par l'hôtel.

— C'était extraordinaire, Rafael. Je te remercie du fond du cœur.

La joie et l'enthousiasme dans sa voix durent le surprendre, car il tourna la tête vers elle et la dévisagea longuement. Affolée, elle poussa un cri en voyant leur buggy se diriger droit vers la dune. D'un coup de volant, il évita la collision et se reconcentra sur la route.

De retour à l'hôtel, ils plongèrent ensemble dans la piscine. Un peu de fraîcheur bienvenue après le soleil de plomb sous lequel ils avaient fait leur sortie en mer. Quand elle sortit la tête de l'eau, elle le vit se hisser hors du bassin d'un mouvement souple et tendre la main vers elle. Ils s'installèrent sur des chaises longues et un serveur vint prendre leur commande. Elle demanda un verre d'eau glacée et un café.

— Pas de thé ? demanda Rafael.

Elle se mit à rire.

— Nous sommes à Hawaii, aux Etats-Unis. Impossible de trouver un thé buvable pour un Anglais !

— Es-tu souvent venue en Amérique ? demanda-t-il.

Tout en s'enduisant de crème solaire, elle lui répondit :

— Plusieurs fois. J'ai participé à une séance de photos dans le Grand Canyon, c'était impressionnant. Et à La Nouvelle-Orléans — une ville magnifique. J'ai aussi posé en Nouvelle-Angleterre à l'automne. Quelle beauté ! Et puis je vais à New York chaque année pour les défilés.

Rafael hocha la tête.

— J'ai des bureaux là-bas, mais j'y passe peu de temps. La côte Ouest est plus à mon goût. De là, c'est plus simple de rejoindre Maraguas. Connais-tu la Californie ?

— Pas vraiment. J'ai fait une escale à San Francisco pour venir ici, mais je n'ai pas eu le temps de visiter la ville.

— C'est la première fois que tu viens à Hawaii ?

— Oui. C'est aussi beau qu'on me l'avait dit.

— Si tu aimes le Pacifique, tu voudras aller plus loin. En Australie, par exemple.

A ces mots, son cœur se serra douloureusement.

— Non. Pas l'Australie. Jamais, répondit-elle d'une voix brève en détournant le visage.

Rafael sursauta. Que s'était-il passé ? Il lui avait posé la question en toute innocence, sur le ton de la conversation légère qui était le leur… et soudain, le visage de la jeune femme s'était fermé. Comme la fois où, à Londres, il lui avait demandé depuis quand elle aimait l'astronomie. Pourquoi s'était-elle fermée ainsi ? Il poursuivit avec précaution, soucieux de ne pas la brusquer.

— Tu sais quoi ? J'ai réservé une place pour l'expédition astronomique de ce soir.

Celeste lui avait expliqué à quel point elle tenait à cette randonnée, et elle avait accepté qu'il y participe lui aussi.

Leur conversation reprit, et il oublia cet incident. Quelques heures plus tard, ils se retrouvèrent de l'autre côté de l'île avec un groupe de randonneurs. Sans lune ni pollution lumineuse, le ciel était littéralement criblé d'étoiles.

— Quelqu'un peut-il me nommer une de ces constellations ? demanda le guide.

Immédiatement, Celeste désigna le nord.

— La Grande Ourse est là, et nous montre l'étoile Polaire. Ensuite, nous avons…

Se tournant, elle nomma plusieurs autres constellations.

— Extraordinaire ! commenta le guide en souriant. Vous devriez prendre ma place.

Elle rit à son tour.

— Je suis désolée…

— Il ne faut pas ! Je suis toujours ravi de rencontrer des passionnés.

Puis il se tourna vers le reste du groupe, à qui il détailla les constellations qu'elle venait de nommer.

Le regard levé vers le ciel, Celeste semblait complètement absorbée par la contemplation de la voûte céleste. De toute évidence, la jeune femme adorait ça, et il ne pouvait que se réjouir de son bonheur…

Il la regarda tandis qu'elle découvrait avec enthousiasme les télescopes grâce auxquels on pouvait admirer les galaxies lointaines où naissaient les étoiles.

— Quand on pense que leur lumière nous parvient de si loin…, murmura-t-elle en se relevant pour laisser place à un autre membre du groupe.

— Et qu'elle a brillé il y a si longtemps…, continua Rafael. Ces étoiles sont éteintes depuis des millénaires, et pourtant leur lumière nous parvient encore. Leur passé est notre présent…

Il la sentit frissonner dans l'obscurité.

— Tu as froid ? demanda-t-il.

Celeste ne sut que répondre. Ils se trouvaient en altitude, près du sommet d'un ancien volcan, et l'air était plus frais qu'au bord de la plage. On leur avait même fourni des vêtements épais. Mais ce n'était pas le froid qui la faisait frissonner.

Mon passé n'est plus mon présent… il ne m'enfermera plus.

Rafael… lui seul pouvait la prendre dans ses bras, l'arracher à son passé, la rassurer, l'aimer… Et elle le laisserait faire. Comme les îles, comme les continents, elle changerait, laissant son passé derrière elle.

Elle sentit la main de Rafael sur son épaule, une étreinte chaude et ferme, qui tenait à l'écart le froid de la nuit et de ses peurs. Elle laissa aller sa tête sur son épaule un instant avant de relever la tête vers lui. Les yeux brillants dans l'obscurité, il la dévorait du regard.

Ils regagnèrent l'hôtel après minuit. Celeste avait manqué s'assoupir dans le 4x4 qui les ramenait en cahotant. En descendant, elle bâilla.

— Il est temps de filer au lit, lança Rafael.

Elle sourit et lui obéit, traversant le patio pour rejoindre sa chambre.

Rafael regarda la jeune femme s'éloigner avant de regagner son propre bungalow. L'air de la nuit embaumait, cette soirée aurait dû être parfaite, et pourtant, ses sentiments demeuraient mitigés. Regardant le ciel, il ne pouvait penser qu'à cette femme qu'il désirait tant et qui, comme les étoiles qu'évoquait son prénom, était à la fois superbe et distante. Mais il ne ressentait pas que du désir…

Bon sang, que lui arrivait-il ?

Il chassa la question de son esprit ; mais le lendemain matin, elle était encore là quand il ouvrit les yeux. Et quand il alla faire son jogging quotidien dans le parc de l'hôtel. Et quand il rejoignit Celeste pour le petit déjeuner.

Ce matin-là, elle portait une sorte de tunique grecque toute simple et un foulard retenait ses cheveux. Elle n'était pas maquillée et le soleil donnait à sa peau un ton ambré.

Sa beauté lui coupa le souffle. Elle l'accueillit avec un regard et une voix chaleureux, et son cœur s'emballa tandis qu'il s'asseyait. Oui, il était heureux de la voir sourire, et oui il la désirait... mais il y avait autre chose.

Que lui arrivait-il ?

De nouveau cette question.

— La nuit dernière était magnifique, dit-elle.

— Oui, répondit-il. Et tu as encore des étoiles dans les yeux.

Elle se mit à rire avant de découper une nouvelle tranche de l'ananas qu'on lui avait servi pour le petit déjeuner.

— Il est délicieux, commenta-t-elle en le désignant. Chaque jour je m'émerveille du goût de ce fruit. On l'appelle le Maui Gold.

Rafael rit à son tour avant de se pencher vers elle et, avec sa serviette, de lui essuyer le coin de la bouche où était tombée une goutte de jus d'ananas. Un bref instant, leurs yeux se rencontrèrent, et elle sembla comme lui réaliser ce que ce geste avait d'intime et de spontané à la fois.

Puis, se redressant, les joues empourprées, elle demanda :

— Quel est le programme pour aujourd'hui ?

— A toi de choisir, répondit Rafael en se versant du café noir.

— Je me sens un peu paresseuse, après la journée d'hier...

— Eh bien, une journée farniente, alors ? Ou même mieux. Si nous nous offrions des massages relaxants ? Voilà deux jours que je louche sur les tables qui se trouvent au bord de la mer, et je me dis que je devrais essayer.

Une étincelle s'alluma dans les yeux de Celeste.

— Quelle excellente idée !

— Je suis plein de bonnes idées, Celeste.

Et effectivement : les massages en bord de mer étaient une suggestion extraordinaire. L'air chaud, le bruit du ressac et les mains d'une masseuse experte firent fondre leurs tensions.

Ils se retrouvèrent ensuite au Bistro de l'océan pour un déjeuner agréable en terrasse. Devant eux, les vagues se brisaient mollement sur le rivage.

— Ce n'est pas un bon endroit pour le surf, remarqua Rafael.

— Il faut aller sur la côte nord de l'archipel. En hiver, les courants venus d'Arctique forment des rouleaux impressionnants, répondit Celeste. C'est là qu'on trouve les meilleurs spots, comme Banzaï Pipeline, Les Dents de la Mer et les Tunnels.

Rafael lui lança un regard surpris.

— Où as-tu appris tout ça ? Serais-tu une experte ?

Elle secoua la tête et sourit.

— Pas du tout. C'est à peine si je sais nager…

Rafael demeura un instant silencieux. Suspicieux malgré lui. Qui pouvait bien lui en avoir appris autant ? L'homme qui l'avait tant blessée ?

— As-tu eu un petit ami surfeur, alors ?

Comme lorsqu'il avait parlé de l'Australie, le visage de la jeune femme se ferma instantanément.

Un sentiment de frustration s'empara de Rafael. Certes, il voulait éviter de remuer le couteau dans la plaie, il était évident qu'elle avait dû vivre un épisode traumatisant, mais il aurait aimé en savoir plus sur elle. Ne serait-ce que des détails sur son enfance, sa famille, l'endroit où elle avait grandi… Pour sa part, il lui avait parlé du village où il était né et de la bourse qui lui avait permis de rejoindre une université américaine prestigieuse, ainsi que du décès de ses parents dans un tremblement de terre alors qu'il se trouvait aux Etats-Unis. Mais Celeste, elle, ne lui avait quasiment rien dit.

Quand elle parla, ce fut avec une certaine réticence, les yeux dans le vague.

— Mon père, dit-elle. Mon père était un surfeur. Ma mère m'a raconté ses exploits quand j'étais petite.

Il ne put s'empêcher d'éprouver un pincement au cœur en remarquant qu'elle utilisait le passé.

— Qu'est-il arrivé ?

Celeste se mordit la lèvre.

— Un jour, l'océan était trop fort et…

A ce moment précis, la serveuse vint leur apporter leur commande. Instantanément, Celeste reprit une expression polie pour la remercier et, sans reprendre la conversation, entama sa salade.

Rafael pour sa part, se sentait bien incapable de faire comme si de rien n'était. Ainsi, elle avait perdu son père, sans doute très tôt, et sans doute à cause du surf. Etait-ce à cause de cela qu'elle se fermait quand on évoquait l'Australie ? Se pouvait-il que son père ait trouvé la mort là-bas ? Comme il n'osait poser la question de peur de se montrer envahissant, il opta pour un simple commentaire.

— Je suis désolé. Je sais à quel point il est terrible de perdre un parent, à n'importe quel âge. Je me souviens encore du jour où j'ai appris que les miens avaient succombé au tremblement de terre qui a frappé notre village. J'étais à l'Université, presque un adulte, mais j'ai pleuré comme un enfant.

Sa voix menaçait de se briser et il ferma les yeux. Soudain, il sentit une main sur son poignet — un contact fugitif, mais qui le réconforta.

— Cela a dû être difficile, dit Celeste. Tu étais si loin d'eux. Mais peut-être… peut-être dois-tu te dire qu'ils seraient fiers de ce que tu as accompli, et heureux que tu aies été épargné par la catastrophe.

Il respira profondément avant de hocher la tête.

— Tu as raison. Et je leur dois tout. C'est grâce à leurs efforts et à leurs encouragements que je suis devenu l'homme que je suis.

Oui, ses parents avaient rêvé pour lui, leur fils unique, d'une vie meilleure — une vie où il n'aurait pas à se casser les reins à travailler la terre. Mais ils avaient aussi d'autres projets pour lui...

Ils voulaient qu'il rencontre la bonne personne — celle auprès de qui il pourrait faire sa vie, qu'il pourrait aimer de tout son cœur et qui lui rendrait cet amour. Celle avec qui il pourrait avoir les petits-enfants qu'ils ne connaîtraient jamais...

Rafael ne pouvait détacher ses yeux de Celeste, cette femme si belle, si désirable, mais aussi si généreuse, douce, sensible et tendre — celle dont il avait admiré la détermination quand elle avait volé au secours de Louise.

Etait-ce elle ? Etait-elle la femme dont ses parents rêvaient pour lui ? Etait-ce pour cela qu'elle l'attirait comme aucune autre ?

Ses parents n'auraient jamais apprécié Madeline. Elle les aurait effrayés, et sans doute choqués ; car elle considérait ses propres parents, pauvres eux aussi, avec un mépris non dissimulé, et avait pratiquement rompu avec eux. Elle affirmait à qui voulait l'entendre qu'elle leur avait acheté un pavillon luxueux à Bornemouth, et qu'elle ne s'occupait plus d'eux depuis. Elle aurait attendu de lui qu'il fasse de même — qu'il les oublie pour se consacrer entièrement à une vie de luxe et de paillettes avec elle, dînant dans les meilleurs restaurants, voyageant en jet privé, et devenant de plus en plus riches...

Aujourd'hui, il savait que ça ne lui aurait jamais convenu.

Il avait apprécié cette vie avec elle un certain temps. Mais depuis leur rupture — depuis qu'il l'avait découverte telle qu'elle était réellement — sa conception de l'existence avait changé. A présent, il savait ce qu'il voulait. Et c'était ce qu'il avait ce soir : un bel endroit, proche de la nature, et la compagnie d'une femme qui savait l'apprécier.

Et qui le désirait comme il la désirait.

Il sourit à Celeste, qui lui rendit son sourire. Un sourire plein d'empathie, de gentillesse.

Et de promesses…

Son cœur bondit dans sa poitrine.

10.

Ce soir-là, Celeste prit particulièrement soin de sa toilette. Le massage l'avait détendue et elle se sentait plus libre. Dans le miroir, elle vit l'éclat nouveau de sa peau et de son regard. Laissant ses cheveux tomber librement sur ses épaules en une cascade soyeuse, elle enfila une robe de fin coton d'un bleu pastel, qui découvrait une épaule — un peu comme celle qu'elle portait le soir du gala de charité.

Le soir où elle avait rencontré Rafael.

Elle frissonna à cette pensée.

Jamais elle n'aurait imaginé se retrouver ici avec lui.

Et pourtant, c'était bien lui, l'homme qu'elle rejoignit sur la terrasse. Comme chaque fois qu'elle le voyait, son cœur se mit à battre plus vite. Il se leva pour l'accueillir ; la prenant par la main, il recula d'un pas comme pour mieux l'admirer.

Il prononça une phrase en espagnol qu'elle ne comprit pas. Dans ses yeux brillait une lueur de désir.

De nouveau, elle frissonna, consciente de l'intimité qui existait entre eux depuis leur discussion du déjeuner. Il lui avait parlé de ses parents et elle avait évoqué son père. Elle avait toujours refusé de parler d'elle, et en particulier de son enfance, tant le passé lui semblait dangereux. Pourtant, aujourd'hui, avec lui, elle y était parvenue, même si c'était de façon fugitive. Le fait qu'ils aient tous les deux connu une tragédie les avait rapprochés.

Rapprochés à quel point ?

La question l'avait hantée tout l'après-midi.

Elle saisit la main qu'il lui tendait et ils se dirigèrent vers le restaurant, main dans la main. Comme si c'était la chose la plus naturelle au monde. Comme si elle acceptait tout de lui, tout ce qui était arrivé et tout ce qui arriverait…

A cette pensée, un sentiment de paix et de tranquillité s'insinua en elle. Rafael avait raison depuis le début. Elle pouvait recommencer sa vie et laisser son passé derrière elle.

Une fois de plus, ils dînaient au Salon français. Après avoir essayé les autres restaurants de l'hôtel, c'était celui-ci qui avait leurs faveurs, avec sa terrasse ombragée en bord de mer et sa carte gastronomique.

Après dîner, ils allèrent se promener sur le sentier qui s'éloignait de la plage pour mener à un petit promontoire depuis lequel ils contemplèrent l'océan.

Un mince croissant de lune naissait à l'est. Rafael lui prit la main, et ils restèrent silencieux un long moment, profitant de l'instant.

La main de Rafael était chaude et ferme. Elle le sentit se tourner vers elle et incliner la tête ; l'espace d'un instant, une vague de panique l'envahit, lui serrant la gorge. Mais bien vite, elle reflua jusqu'à disparaître.

Lentement, très lentement, il se pencha vers elle.

Son baiser fut doux comme la brise, comme la caresse du croissant de lune.

Il se redressa presque aussitôt, bien trop tôt à son goût, et dans la clarté de la lune elle vit ses yeux briller.

— Veux-tu t'abandonner à moi, Celeste ? Veux-tu accepter ce qui pourrait exister entre nous ? Je sais à quel point c'est difficile pour toi, et je sais que tu as été blessée. Que quelque chose de mal t'est arrivé, il y a longtemps.

Il parut hésiter un instant avant de reprendre avec détermination :

— Je suppose que c'était comparable à ce qui a failli arriver à Louise.

Elle voulut s'écarter, mais il la retint et continua, pressant :

— Ne t'éloigne pas, je t'en prie. Je n'en parle que pour te dire que je comprends, et que je veux de tout mon cœur que tu oublies tout ça. Je ne demande rien — sauf que tu me fasses confiance. Que tu m'acceptes comme je suis. Et que tu acceptes tes sentiments.

Du bout des doigts, il caressait son visage, faisant naître des vagues de chaleur dans son corps — une chaleur qui semblait effacer la crainte qu'elle avait toujours gardée en elle.

De nouveau, il se pencha vers elle. Leur baiser fut aussi doux et tendre que le précédent, mais cette fois il dura plus longtemps ; il se fit plus intense, plus profond. Rafael la serra contre lui, faisant naître en elle un élan irrépressible. Elle referma les bras autour de son dos musclé.

Ce fut un moment magique — dans cette île de rêve, sous la lune, avec Rafael… un baiser parfait.

Quand ils s'écartèrent, le cœur de Celeste chantait comme un oiseau échappé de sa cage. Longtemps, ils restèrent sans rien dire, les yeux dans les yeux. Puis, du bout des doigts, il lui caressa les lèvres.

— Viens, murmura-t-il.

Et elle le suivit. Elle le suivit sur les sentiers, le long des ruisseaux et des cascades, sous les arbres dont les fleurs blanches diffusaient des parfums entêtants. Sans un mot. Dorénavant, ils laisseraient parler leur corps.

Il la fit entrer dans son bungalow et la conduisit sans allumer les lumières au grand lit blanc qui les attendait.

— Comme tu es belle, Celeste… ma Celeste.

Puis il la prit dans ses bras, serrant son corps contre son torse puissant.

Un instant, elle sentit de nouveau la pointe douloureuse de son passé resurgir, la menacer ; mais elle disparut tout aussi vite, comme effacée par les baisers et les caresses de Rafael.

Libre ! Elle était libre !

Enfin, elle connaissait le vrai désir, la passion qui unissait un homme et une femme. Rafael l'avait libérée.

Lentement, avec sensualité, il défit sa robe. Elle ne portait pas de soutien-gorge, juste une fine culotte de dentelle. Qui rejoignit sur le sol leurs vêtements inutiles.

Rafael resta un instant immobile, contemplant son corps dans la lueur de la lune. Puis il la coucha doucement sur le lit et l'embrassa de nouveau. Elle fit courir ses mains sur son torse sculptural, le long de ses muscles puissants. De ses lèvres, il parcourait sa peau, faisant naître en elle des tourbillons de plaisir, mettant tout son corps en feu.

Elle s'entendit pousser un gémissement rauque, presque animal ; son cœur s'accéléra tandis qu'une vague de désir montait dans son ventre. Elle se serra plus étroitement contre lui. Elle avait tant besoin de sentir le corps de Rafael sur le sien.

Il répondit aussitôt à sa prière muette, s'allongeant sur elle et en trouvant sa bouche de nouveau. Son torse vint caresser délicieusement la pointe de ses seins, et elle enroula ses jambes autour de sa taille. Leur baiser devint fiévreux, leur étreinte incandescente ; leurs corps étaient comme scellés l'un à l'autre, et tandis qu'il explorait sa bouche, emprisonnant ses mains dans les siennes, leurs sexes se cherchaient et se trouvaient.

Elle gémit et, immédiatement, il recula, comme s'il craignait de lui faire mal. Mais elle s'arqua vers lui, et il s'enfonça en elle avec un soupir. Ce fut comme une flamme, une flamme qui se faisait plus intense à chaque seconde, brûlante, une passion chauffée à blanc, incomparable. Jamais elle n'avait connu telle sensation, telle intensité — elle avait l'impression que leurs corps entraient en fusion au contact l'un de l'autre.

Rafael poussa un cri, un cri auquel elle répondit, et la flamme les enveloppa tous les deux — une flamme purificatrice qui consuma les derniers restes de crainte dans son cœur, la laissant changée pour toujours.

Pantelante, elle s'accrocha au corps de Rafael comme une naufragée. Elle sentait leur cœur battre à l'unisson dans leur poitrine.

Le souffle court, Rafael l'embrassa et caressa ses cheveux. Il dit une phrase en espagnol qu'elle ne comprit pas, mais sa voix était vibrant d'émotion.

Enfin, il se laissa retomber contre elle, et sa tête roula sur l'oreiller. Elle le sentit se détendre et le vit fermer les yeux tandis que le sommeil la gagnait elle aussi.

Ils s'endormirent dans les bras l'un de l'autre.

— Prête ?

— Oui.

— Alors, allons-y !

Celeste se laissa glisser de la plate-forme à l'arrière du bateau dans les eaux turquoise, bientôt rejointe par Rafael. Ajustant masque et tuba, ils s'éloignèrent en quelques coups de palmes, découvrant le fond marin sous eux.

Celeste portait un T-shirt — précaution nécessaire contre le soleil, que Rafael, avec sa peau de bronze, ne craignait pas. Parfois, elle cessait d'observer les poissons pour l'admirer, lui, avec son corps musclé seulement vêtu d'un maillot de bain.

Elle avait encore du mal à réaliser qu'elle était là, avec cet homme, dans ce paradis — elle qui avait passé tant d'années dans la tristesse et la solitude. Avec Rafael, tout était simple, facile.

Vivre à ses côtés se révélait un bonheur de tous les instants dont elle s'émerveillait chaque jour un peu plus. Elle avait fini par s'installer dans son bungalow, et même leurs arrangements semblaient couler de source : elle avait proposé de payer une partie de la chambre, tout comme elle insistait pour régler elle-même ses repas et ses activités, et Rafael ne protestait pas. Sauf au sujet de la chambre, pour laquelle il avait souligné que sa présence ne lui coûtait rien et qu'en conséquence elle n'avait pas à participer.

Elle avait appelé son agent pour l'informer qu'elle rentrerait plus tard à Londres. Rafael, lui, s'était arrangé pour libérer son agenda et gérer ses obligations professionnelles depuis le centre d'affaires de l'hôtel.

Elle finissait par croire qu'ils pourraient rester ici éternellement.

Après leur plongée, Rafael voulut l'entraîner de nouveau dans le bungalow :

— Que dirais-tu d'une petite sieste ?

Elle sourit devant son impatience manifeste.

— Tu ne préfères pas déjeuner avant ?

— Non, répondit-il avant de l'embrasser. Je n'ai faim que de ton corps.

— Moi aussi, dit-elle d'une voix troublée, une étincelle de désir au creux du ventre.

Pour elle, le désir était comme une terre inconnue, qu'elle explorait peu à peu avec un émerveillement toujours croissant.

Dire qu'elle avait eu si peur ! Avec Rafael, elle découvrait qu'elle n'avait rien à craindre — juste à accepter, à vivre l'instant présent. C'était comme si les vents du Pacifique avaient dissipé le nuage noir qui pesait sur sa vie, d'un seul coup et à jamais. Une flamme ardente animait son corps trop longtemps privé de passion.

Dès qu'ils eurent franchi la porte du bungalow, elle empoigna les cheveux de Rafael et l'embrassa à pleine bouche. Il répondit avec autant d'ardeur, et leurs sens s'embrasèrent. Fiévreusement, ils se débarrassèrent de leurs vêtements, et elle l'entraîna avec elle sur le lit pour assouvir sa soif de lui ;

Le corps de Rafael, fort, puissant, était une ode à la beauté masculine, un exemple de perfection virile. Elle laissa ses doigts courir le long de son torse musclé, comme pour en apprendre par cœur chaque détail — sachant que ses caresses le rendaient fou, tout comme il avait le pouvoir de la rendre folle d'un simple contact, quand le bout de ses doigts parcourait sa peau… De nouveau, il lui sembla que leurs deux corps entraient en fusion, se mêlaient l'un à l'autre au-delà des limites de leur peau.

Et plus tard, ils resteraient sur le lit, alanguis, dans cette étreinte délicieuse, enfin relâchés et assouvis. Epuisés et heureux.

Plus heureux qu'il ne l'avait jamais été, Rafael se laissa retomber sur le lit et attira Celeste dans ses bras. Celeste était sa priorité absolue. Rien ne comptait à part elle. Il éprouvait un sentiment de triomphe, de joie, à l'idée qu'elle l'avait choisi, qu'elle avait trouvé le courage de lui faire confiance, d'accepter sa présence, mais aussi sa passion et son désir. Il savait à quel point cela avait dû être difficile pour elle de lutter contre l'ombre qui avait empoisonné sa vie, d'abandonner ses résistances et sa distance. Oui, elle s'était soustraite à cette emprise néfaste ; elle avait pris la main qu'il lui tendait pour revenir à la vie.

Et comme elle était belle, pleine de joie et de passion ! Comme il aimait tout partager avec elle — y compris ces moments d'abandon pendant lesquels elle semblait irradier d'une douce lueur, une lueur qui l'accompagnait désormais partout, quand ils marchaient dans les jardins, quand ils dînaient ensemble, quand ils profitaient de la plage… et même aux petites heures du matin, quand leurs corps s'enlaçaient, il pouvait la voir dans le noir, comme si elle brillait.

C'était l'aura du bonheur — l'aura que leur conféraient ces jours magiques, coupés du monde dans ce minuscule paradis. Certes, il leur faudrait un jour ou l'autre revenir à la réalité, retourner à leur monde. Mais Rafael savait aussi que ce séjour avec Celeste l'avait changé pour toujours.

C'était elle ! Il voulait vivre avec elle… mais pas la vie telle qu'il la connaissait déjà, où tout n'était qu'une question d'argent.

Il avait déjà fait fortune. A présent, il devait apprendre à ralentir, à changer la trajectoire de sa vie. Se consacrer davantage à son pays d'origine et au bonheur de ses habitants.

Dans cette vie-là, Celeste serait à ses côtés. Pour toujours.

Mais il ne devait pas se précipiter. Déclarer trop tôt sa flamme serait une erreur. Celeste avait franchi bien des étapes, mais elle avait encore besoin de temps pour s'habituer à lui, pour comprendre à quel point elle comptait à ses yeux. Alors seulement il pourrait lui demander de vivre avec lui.

Pour autant, ils ne pouvaient demeurer éternellement sur l'île. Celeste avait sans doute d'autres contrats qui l'attendaient, et ses propres obligations professionnelles devenaient de plus en plus pressantes.

L'une d'entre elles en particulier lui tenait à cœur : il s'agissait de rendre justice à quelqu'un.

Il se souvenait encore d'une de ses dernières conversations avec Madeline, qui se vantait de son dernier « coup »

— évincer le fondateur d'une marque de luxe qu'elle venait de racheter. Rafael avait tenté de l'en dissuader, mais elle n'avait rien voulu savoir. Il entendait encore sa voix dédaigneuse résonner à ses oreilles.

« C'est un raté. Il ne comprend rien aux affaires. Il n'aurait jamais dû mettre sa marque en vente, ni prendre autant de risques avec sa trésorerie. Ce qui lui arrive est entièrement sa faute.

— C'est un artiste, Madeline, un créateur, avait-il objecté. Peut-être naïf et pas doué pour les affaires, mais c'est toi qui diriges son entreprise à présent, et en te servant de tes talents financiers pour l'aider, tu pourrais gagner des fortunes. Si seulement tu décidais de ne pas frapper un homme à terre et de lui prendre tout ce qui compte pour lui. »

Elle l'avait regardé avec dans les yeux un éclat dur comme le diamant.

« Les sentiments, c'est bon pour les ratés. Et je suis une battante. Je me suis battue toute ma vie et je ne m'arrêterai pas. »

Etait-ce cet échange qui lui avait finalement ouvert les yeux sur la vraie personnalité de Madeline ? Il avait réalisé ce soir-là que malgré leurs points communs, quelque chose de fondamentale les séparait. L'ambition de la jeune femme était telle qu'elle en oubliait tout le reste.

Il avait fini par découvrir que seul l'argent et la réussite comptaient pour elle. Et cette découverte avait été la mort de ce qui restait entre eux.

Elle s'était moquée de lui quand il lui avait avoué à quel point son attitude le scandalisait. C'est alors qu'il l'avait vue comme elle était réellement. Tout désir évanoui, il avait compris qu'il ne pourrait jamais faire sa vie avec elle.

Décidé à chasser ces sombres souvenirs, il regarda Celeste, endormie contre lui, et une vague d'émotions le submergea. Elle était le bon choix, la femme de sa vie. Et il était déterminé à la garder avec lui.

D'abord, il devait la persuader de rentrer avec lui à New York.

Le soir, au dîner, il entreprit de lui parler.

— Si ça ne tenait qu'à moi, dit-il, je resterais à Hawaii pour toujours. Mais le travail m'appelle. Beaucoup de gens dépendent de mes décisions. Je dois partir.

Il vit une ombre passer dans les yeux de la jeune femme. Se penchant par-dessus la table, il lui saisit la main.

— Mais cela ne veut pas dire que nous devons nous séparer. Viens avec moi à New York. Et même…

Il prit une profonde inspiration avant de poursuivre :

— Tu pourrais t'installer chez moi. J'ai… j'ai besoin de toi, Celeste. De ta présence.

Le visage de la jeune femme se ferma.

— Pardon. Je t'en demande trop, dit-il.

Mais elle serra ses doigts à son tour.

— Tu es sérieux ? Vraiment sérieux ?

Il y avait dans sa voix une note d'espoir et d'inquiétude. Sur une impulsion, il embrassa sa main, dans un geste emprunt de dévotion.

— Oui, répondit-il dans un souffle. Je ne veux pas perdre ce que nous avons ici.

— Moi non plus, dit-elle. Je te veux, Rafael.

De nouveau, il embrassa sa main — avec effusion cette fois. Puis il la lâcha pour lever son verre.

— Je bois à cela, Celeste.

Elle lui rendit son sourire.

— Nous allons profiter de nos derniers jours ici, continua-t-il en la fixant droit dans les yeux. Et je crois même que nous pourrons réserver notre prochain séjour avant de partir. Je tiens à revenir bientôt. Et maintenant…

Il se leva et l'entraîna avec lui par la main.

— Allons nous promener sur la plage pour profiter de la lune sur l'océan. Qui sait, nous pourrons peut-être faire un vœu…

Ils s'éloignèrent en se tenant la main.

11.

New York était… New York. Une gigantesque machine qui ne s'arrêtait jamais, et qui happa Rafael dès leur retour. En l'attendant, Celeste dut se résoudre à contacter la branche américaine de son agence pour trouver quelques séances de poses. Mais à vrai dire, elle n'avait plus vraiment le cœur à son travail, tant ledit cœur était accaparé par Rafael — l'homme qui l'avait sauvée de son passé et avec qui elle voulait vivre désormais.

En quelques jours, il régla ses affaires les plus urgentes, et ils purent de nouveau se consacrer à eux, soit en passant de longues soirées paisibles dans son appartement de l'Upper East Side, soit au cours de longues promenades qui les menaient dans de petits restaurants tranquilles. Puis, un après-midi, il l'appela depuis son bureau pour lui demander de l'accompagner à un cocktail.

— C'est une fête de lancement informelle pour une collection que je soutiens — pas des vêtements, mais des sacs à main. Leur créateur a subi un mauvais passage l'année dernière, mais je voudrais le relancer. Si ça te va, je te fais livrer un des sacs et tu choisiras une tenue pour le mettre en valeur…

— Bien sûr, répondit-elle immédiatement. J'en serais ravie.

Son sentiment se confirma lorsqu'un livreur vint lui apporter le sac — une superbe pochette de soie bleue, décorée d'une rangée d'authentiques saphirs. Pour le mettre en valeur, elle opta pour une robe de soie blanche toute simple.

Rafael l'avait prévenue qu'il ne passerait pas à l'appartement, aussi prit-elle un taxi pour se rendre à la présentation qui se tenait dans un hôtel élégant près de Central Park.

Parvenue dans le hall, elle s'arrêta pour s'orienter. Derrière elle, une voix féminine, avec un accent anglais prononcé, lança :

— Je suppose que vous cherchez vous aussi la suite Leonardo ?

Elle se retourna pour découvrir une femme un peu plus âgée qu'elle. Plus petite de quelques centimètres, elle avait un visage saisissant, surmonté d'une magnifique chevelure auburn. Quelque chose en elle lui semblait familier. S'agissait-il d'une actrice ? D'une célébrité ? Elle ne parvenait pas à la resituer.

La femme la fixait elle aussi, la détaillant des pieds à la tête. Son regard s'arrêta sur le sac.

— Puis-je le voir ? demanda-t-elle en tendant la main.

Celeste le lui tendit avec précaution. La femme le saisit et l'examina sous toutes les coutures. Puis, sans la moindre gêne, elle l'ouvrit.

— Ça ne vous dérange pas, au moins ?

De toute évidence, la réponse à cette question ne l'intéressait pas. Elle saisit entre ses doigts la petite étiquette et la déchiffra avant de refermer la pochette et de la tendre de nouveau à Celeste.

— Intéressant, dit-elle, d'une voix étrangement tendue.

Puis, se reprenant :

— Puisque nous allons au même endroit, autant y aller ensemble, non ?

Que lui répondre ? Celeste l'accompagna en direction des ascenseurs.

— Vous avez fait un bon choix, dit la femme en regardant la robe qu'elle avait enfilée.

— Merci, se contenta-t-elle de répondre.

— Y a-t-il un thème commun ?

— Je vous demande pardon ?

— Tous les mannequins porteront-ils du blanc pour mettre en valeur les couleurs des sacs à main ? Ce serait très efficace.

Celeste secoua la tête avec un sourire poli.

— Vous avez raison, mais… je crois que je suis le seul mannequin ce soir. C'est un événement informel.

— Vraiment ? reprit la femme. A mon avis, c'est une erreur de sa part. Mais ça ne m'étonne pas. Dites-moi, par pure curiosité, à combien s'élève votre cachet pour une prestation de ce genre ?

Une nouvelle fois, Celeste demeura confuse avant de comprendre :

— Oh ! je ne suis pas ici à titre professionnel, répondit-elle avec une légèreté feinte. Je suis invitée.

— Vraiment ? demanda la femme avec une nouvelle lueur dans son regard.

Sans doute éprouvait-elle un peu de condescendance devant son collier, de simples perles de culture.

Par bonheur, les portes de l'ascenseur s'ouvrirent à cet instant et elles sortirent dans le couloir, en face de la porte de la suite.

— Entrons ensemble, proposa la femme. Je pense que nous ferons notre petit effet.

Encore une fois, comment lui dire non ? Celeste la laissa l'accompagner. Devant la suite, on lui demanda son nom, qu'elle donna sans autre commentaire. Mais quand le groom demanda celui de la femme à ses côtés, celle-ci répondit simplement :

— Je suis son garde du corps.

Et, la prenant par le bras, elle s'avança dans la suite.

Dans la tête de Celeste, une alarme retentit. Des yeux, elle chercha Rafael, qu'elle découvrit avec soulagement à l'autre bout de la pièce, en grande conversation avec un groupe de personnes.

— Je vous prie de m'excuser, dit-elle à l'intention de la femme aux cheveux auburn qui, selon toute apparence, était en train de s'incruster dans une fête où elle n'était pas invitée.

Mais celle-ci avait déjà lâché son bras pour traverser le salon à grandes enjambées. Les gens s'écartaient devant elle, et Celeste commença à penser qu'il s'agissait d'une femme importante, ou en tout cas fort riche.

Quand Rafael l'aperçut, une expression étrange se peignit sur son visage, et les gens avec qui il parlait s'éloignèrent discrètement. Quelque chose allait se passer, se dit Celeste avec un frisson d'appréhension.

Rafael, visiblement sous le choc, regardait la femme approcher, immobile, comme pétrifié.

Celeste s'avança d'un pas, comme pour arrêter ce qui allait se produire. Mais il était trop tard.

— Rafael, comme c'est bon de te revoir ! lança la femme d'un ton théâtral.

Sous les yeux effarés de Celeste, elle plaqua un baiser sur la joue de Rafael.

Qui ne bougeait toujours pas.

Au bout de quelques secondes, toutefois, il inclina la tête légèrement.

— Bonjour, Madeline.

Elle se mit à rire.

— Ne me dis pas que tu as cru que je ne viendrais pas !

Il battit des paupières, imperceptiblement.

— Non, j'aurais eu tort de le croire.

Sa voix était glaciale.

De nouveau, la femme émit un rire de gorge avant de se tourner vers un des hommes qui entouraient Rafael.

Plus petit que lui, relativement frêle, il tentait d'adopter une expression aussi figée que celle de Rafael ; mais même de loin, Celeste pouvait lire la peur dans ses yeux.

— J'imagine que tu connais Lucien Fèvre, dit Rafael.

Il y avait dans sa voix une note menaçante, comme le soir où il s'était adressé à Karl Reiner.

— C'est le génial créateur que tu as eu la bêtise de licencier, Madeline. L'homme qui était au cœur de l'entreprise que tu as rachetée.

Sous le choc, Celeste s'immobilisa. Cette femme était Madeline Walters. L'entrepreneuse. La multimillionnaire. La femme qui avait eu une liaison avec Rafael Sanguardo.

— Cette entreprise, Rafael, riposta la femme, a aujourd'hui une envergure mondiale. Elle a multiplié ses ventes par vingt et le prix de ses actions par quatre, et ses produits sont…

— L'ombre de ce qu'ils ont été, coupa Rafael.

Madeline se redressa, comme piquée au vif.

— Célèbres dans le monde entier !

Mais sa voix n'était plus aguicheuse ; elle était furieuse, et cela s'entendait.

— Nous en vendons par milliers, par dizaines de milliers ! Et avec l'ouverture du marché chinois, ce sera par centaines de milliers !

Instinctivement, Celeste se dirigea vers le petit groupe.

— A mon avis, ces sacs aussi seront un succès, s'entendit-elle dire en levant la pochette. En tout cas, moi, je les achèterais.

Elle s'était adressée directement à Lucien Fèvre, mais suffisamment fort pour que tout le monde l'entende.

— C'est tout simplement un des plus beaux sacs à main que j'ai eu la chance de voir.

Elle était sincère. Sur le visage de Lucien Fèvre, la panique fit place à un sourire. Le compliment le touchait.

— Existe-t-il en d'autres couleurs ? demanda Celeste.

— Toutes celles de l'arc-en-ciel ! répondit-il avec enthousiasme, sans doute soulagé de l'attention qu'elle lui portait. Et ce n'est qu'une partie de ma collection. Par ici, vous pourrez voir…

Et il l'entraîna vers une autre partie de la pièce. Sur une vaste table était déployée une série de sacs à main. Il saisit une pochette d'un bleu-vert qui évoquait les vagues du Pacifique.

— Avec celui-ci, continua-t-il, j'ai voulu saisir l'essence de la mer. Regardez. Le fermoir est en nacre, avec des perles tahitiennes.

— Il est magnifique ! murmura Celeste.

— Ici, j'ai voulu recréer le feu, continua Fèvre. Et tous les autres éléments…

Elle le suivit tandis qu'il lui détaillait les sacs de sa collection avec animation, toute crainte oubliée… jusqu'à ce que Rafael et Madeline Walters les rejoignent.

En les voyant apparaître, Lucien Fèvre se figea. Mais ce fut Rafael qui parla en premier.

— Allons, Madeline, dis-le.

Malgré sa politesse, sa voix avait une inflexion d'acier. Le visage de Madeline Walters restait indéchiffrable, mais elle parla de façon audible.

— J'ai fait une erreur, dit-elle, comme à contrecœur. Je ne comprenais pas l'industrie de la mode aussi bien que je le croyais. Je… je regrette ma décision.

— Très bien, approuva Rafael.

Ils se défièrent du regard ; puis, soudain, Madeline sourit largement, comme si rien ne s'était passé.

— Voilà. Ai-je expié à présent ? Tu ne me fais plus la tête ?

Elle posa la main sur sa manche, dans un geste apparemment anodin.

Mais Celeste comprit immédiatement. Elle ne cherchait pas seulement à se faire pardonner.

Elle voulait reprendre Rafael.

Rafael défit son nœud papillon et le posa sur la commode avant d'ouvrir le bouton de sa chemise. Il fit jouer les muscles de sa nuque pour se détendre, ravi d'être de retour chez lui. La soirée avait été rude.

A vrai dire, il avait redouté une telle visite de la part de Madeline. Il la connaissait assez bien pour savoir qu'en colère, elle était capable de tout. Et en colère, elle l'était parce qu'il avait tendu la main à Lucien Fèvre après qu'elle l'ait brisé et jeté comme un malpropre. En colère car les productions du styliste étaient à présent encore plus belles — et qu'elles auraient pu lui appartenir si elle ne s'était pas comportée comme une idiote au moment de l'acquisition de son entreprise.

Pourtant, la soirée n'avait pas été un échec. Il était parvenu à lui faire présenter des excuses à Lucien. Sincères ou non — et elles ne l'étaient pas, car Madeline ne regrettait jamais rien — elles avaient mis du baume au cœur du créateur.

De la salle de bains attenant à la chambre, il entendit couler la douche et sourit. Celeste… voir Madeline en sa présence avait souligné toute la différence entre les deux femmes. C'était elle qui faisait battre son cœur, sans l'ombre d'un doute.

Comment avait-il pu désirer Madeline ? Ne pas voir à quel point elle était égoïste et vaniteuse ?

Il secoua la tête. C'était un mystère. Mais qu'importait ? Madeline n'était plus rien pour lui. Et Celeste… Celeste était devenue son monde.

Il entendit la douche s'arrêter et la porte de la salle de bains s'ouvrir. Celeste en sortit, une serviette nouée autour de la tête et un peignoir de coton sur le dos. Même dans cette tenue, elle était belle à couper le souffle.

En quelques pas, il la rejoignit et l'embrassa sur la joue en la serrant dans ses bras.

— Merci, dit-il simplement.

Elle lui lança un regard interrogateur.

— Merci pour cette soirée. Merci pour ta grâce et ta dignité. Merci pour ta gentillesse envers Lucien. Tu as compris instantanément à quel point il était mal à l'aise, et tu as volé à son secours.

— C'était avec plaisir, répondit-elle.

Il hocha la tête avant de continuer :

— Et merci, aussi et surtout, pour avoir supporté Madeline Walters. Même si je me doutais qu'elle ne serait pas ravie que je travaille avec Lucien, je ne m'attendais pas vraiment à sa visite surprise.

Celeste eut l'air troublée.

— Je suis désolée de l'avoir laissée entrer…

— Inutile. Elle y serait parvenue de toute façon. Quand elle a décidé quelque chose, rien ne peut arrêter Madeline.

En prononçant ses mots, Rafael vit Celeste pâlir.

Et pour te reconquérir, Rafael ? Quelque chose pourra-t-il l'arrêter ?

Celeste aurait voulu crier ces mots, mais elle se tut. Tandis que Rafael se déshabillait, elle s'assit devant sa coiffeuse et se brossa les cheveux pour oublier ses inquiétudes.

Rafael la rejoignit bientôt.

— Laisse-moi le faire, demanda-t-il doucement avant de lui prendre la brosse des mains.

Lentement, avec sensualité, il se mit à lui brosser les cheveux. Leurs yeux se rencontrèrent dans le miroir, brillant d'un éclat familier.

— Tu t'inquiètes au sujet de Madeline ? demanda-t-il.

— Ai-je tort ?

Il suspendit son mouvement.

— Oui.

Puis, après un temps :

— Madeline appartient au passé, Celeste. Nous avons eu une aventure, mais nous avons rompu, et je te jure que c'est définitif. La seule chose que notre rupture a provoqué chez elle, c'est de la colère. Je la vois de temps à autre, en public. Nous sommes polis l'un envers l'autre, sans plus. Je sais de source sûre qu'elle a eu plusieurs liaisons depuis. Et je m'en moque. Elle m'est indifférente.

Celeste se mordit la lèvre.

— Mais crois-tu que l'inverse soit vrai ?

Rafael haussa les épaules.

— Je m'en moque, Celeste. Les sentiments de Madeline ne m'intéressent pas. Tout ce qui compte…

Il reposa la brosse sur la coiffeuse et prit Celeste par la main.

— Tout ce qui compte, c'est que nous allions au lit.

Le désir perçait dans sa voix, et une vague de chaleur déferla sur Celeste.

Il l'embrassa — un baiser tendre et sensuel, auquel elle répondit avec fougue.

Rafael… Il était à elle. Et cette pauvre Madeline l'avait définitivement perdu.

Celeste était assise en tailleur dans la pièce ensoleillée qui servait de bureau à Rafael, dans son appartement. Elle prenait des notes et dessinait des croquis sur un grand carnet. Devant elle, elle avait posé la pochette bleue de Lucien Fèvre. Ce matin-là — le lendemain de la soirée de lancement — Rafael lui avait demandé si, grâce à son expérience dans la mode, elle aurait des idées sur la façon de vendre la collection.

Cette demande l'avait remplie de joie ; depuis, elle

n'avait cessé de travailler, notant tout ce qui lui venait à l'esprit. Il lui tardait de retrouver Rafael pour en parler avec lui.

Elle entendit la porte de l'appartement s'ouvrir et son cœur bondit — il était rentré plus tôt que prévu.

— Je suis dans ton bureau ! lança-t-elle. Je t'ai volé un bloc sténo !

La porte du bureau s'ouvrit en grand derrière elle.

— Donc, fit une voix, quand vous disiez « juste une invitée », vous vouliez dire « juste la dernière conquête de Rafael ».

Celeste se retourna d'un bloc. Sanglée dans un tailleur strict qui lui faisait une silhouette à couper le souffle, Madeline Walters la couvait d'un œil méprisant.

— Comment êtes-vous entrée ? demanda Celeste d'une voix blanche.

— J'ai gardé les clés de *tous* les appartements de Rafael. Même si c'est la première fois que je les utilise.

Puis elle détailla Celeste des pieds à la tête. Celle-ci ne bougea pas, bien déterminée à ne pas se laisser impressionner.

Quand elle eut terminé son inspection, Madeline eut un sourire hautain.

— Je constate avec plaisir que Rafael se console avec des femmes qui sont à l'opposé de moi… même si ça veut dire qu'il couche avec une grande sauterelle !

Celeste choisit de ne pas réagir. Madeline se mit à fureter dans le bureau. Pour finir, son regard tomba sur les esquisses de Celeste.

— Voyez-vous ça ! C'est qu'elle a du talent… et pas seulement en dessin, je suppose. Car Rafael exige de nombreux talents, n'est-ce pas ?

Sa voix de gorge rendait le sous-entendu odieux.

— Ainsi, vous avez gardé mon idée de mannequins en blanc pour présenter les sacs ?

— C’est une bonne idée, concéda Celeste.

— Je suis pleine de bonnes idées, rétorqua Madeline, pleine de morgue.

Elle est venue me provoquer, songea Celeste. *Me juger. Comme pour savoir à qui elle se mesure.* Et peut-être était-il temps de montrer les dents.

— Ce n’est pas ce que j’ai cru comprendre, dit-elle avec légèreté.

Madeline mordit à l’hameçon.

— Vous parlez du fait que j’ai licencié Lucien Fèvre ? C’est de l’histoire ancienne.

Celeste secoua la tête.

— Non. Je parle de l’idée que vous pourriez récupérer Rafael. Vous vous trompez.

Madeline frémit, et Celeste sut qu’elle avait fait mouche. Mais l’autre se ressaisit et poussa un nouveau rire de gorge.

— Rafael aussi est de l’histoire ancienne, fit-elle avec dédain. Mais je croyais que les mannequins étaient toujours à la pointe de l’actualité ? Vous n’avez pas appris que je fréquente beaucoup un sénateur qui a des chances d’être élu vice-président de ce pays ? Cela dit…

De nouveau, la voix de Madeline changea ; sous la sensualité affectée, Celeste sentit une dureté glaçante.

— … le vénérable candidat est un peu trop… vénérable à mon goût. Peut-être deviendrai-je grâce à lui la deuxième femme des Etats-Unis, mais pour être franche, il est décidément trop… coincé pour moi.

Elle lança une œillade provocante à Celeste.

— Et donc, je me disais qu’une dernière soirée avec Rafael serait une bonne idée — cela me ferait des souvenirs pour les nuits ennuyeuses avec mon sénateur. Vous savez à quel point Rafael est doué au lit…

Celeste se força à ne pas répondre, mais les yeux de Madeline la scrutaient impitoyablement.

— Mon Dieu ! Elle rougit !

Un rire moqueur, plein de venin, fusa.

— Extraordinaire, reprit Madeline, sarcastique. Je comprends enfin ce que Rafael vous trouve. Non seulement vous ne me ressemblez en rien, mais vous êtes une vraie nonne ! Rougir quand je dis « au lit »…

Brusquement, elle s'avança et se mit à lui caresser les cheveux avec une sensualité surprenante.

— Vous avez de si beaux cheveux, murmura-t-elle d'une voix enjôleuse… on dirait de la soie.

Celeste recula, horrifiée.

— Quel que soit le but de votre visite, miss Walters, je crois qu'il vaudrait mieux que vous partiez maintenant.

— C'est exactement ce que je pense aussi.

La voix glaciale leur fit tourner la tête. Rafael entra dans la pièce.

— Fiche le camp, Madeline.

Son visage affichait une indifférence complète, comme si elle n'était qu'une nuisance passagère. Le regard de Madeline étincela de rage, puis elle se ressaisit et se dirigea vers lui d'une démarche sensuelle.

— Mon pauvre Rafael. Comme tu as l'air tendu… tu ne veux pas un massage ? Tu sais à quel point mes massages te détendent.

Il ne réagit pas. Madeline inclina alors la tête vers Celeste.

— Non ? Alors peut-être que notre jolie nonne aimerait ça ? Elle m'a l'air très tendue, elle aussi. Qu'en dis-tu, Rafael ? Tu pourrais toujours nous regarder… si tu es trop coincé pour nous rejoindre.

Elle se mit à rire de façon provocante. Mais Rafael, sans répondre, lui montra la porte. De nouveau, les yeux de Madeline étincelèrent de rage.

— Pas étonnant que tu sois avec miss Coincée ! Et que faites-vous ensemble, dis-moi ? Vous restez sagement assis en vous tenant la main ? Quel ennui ! J'ai perdu mon temps avec toi, Rafael.

— Sors d'ici, Madeline, lança-t-il pour toute réponse.

Furieuse, la jeune femme pivota sur ses talons et se dirigea vers la porte. Mais au passage, elle saisit le sac brodé de saphirs.

— Je vais prendre un souvenir avec moi !

Une fois à la porte de l'appartement, elle se retourna pour lancer :

— En fait, je vais même vous faire une faveur, à vous et à votre cher Lucien Fèvre ! Je porterai ce sac demain soir à la réception de la Maison blanche ! Qu'en dites-vous ? Ça vous fera de la publicité. Et peut-être demanderai-je au sénateur de m'en offir d'autres. Je pourrais lancer la mode à Washington. Ça vous plairait ?

Celeste regarda Rafael ; cette fois, son visage reflétait une surprise véritable.

— Un sénateur ? demanda-t-il.

Madeline rit, triomphante :

— Tu n'es pas au courant ? Trop occupé à tenir la main de miss Prude ? Oui, c'est officiel, le sénateur Roxburgh et moi sommes ensemble. Et comme il a de grandes chances d'être choisi comme vice-candidat à la prochaine élection présidentielle, tu pourrais te retrouver bientôt dans la liste des invités de la Maison blanche… si tu me le demandes gentiment.

Là-dessus, elle se détourna. De toute évidence, elle venait de sauver sa fierté et s'en tiendrait là. Mais la voix de Rafael s'éleva avant qu'elle ne sorte.

— Tu es sérieuse, Madeline ?

Madeline se retourna avec une expression de triomphe.

— Oh que oui. Le sénateur m'adore, tu sais. Il est veuf, c'est très triste. Et tu sais à quel point un candidat à la présidentielle a besoin de financements. Je suis prête à l'aider… dès que nous serons mariés, bien entendu.

Rafael haussa les épaules.

— Tu es folle, dit-il simplement.

Sa voix était étrangement calme. Celeste se tourna vers lui. Que se passait-il ?

— Tu ne pourras pas t'en tirer, Madeline, continua-t-il. Cesse cette liaison tout de suite. Tant que c'est encore possible.

— Te rends-tu compte, répondit celle-ci lentement, que tout ce que tu peux dire de moi semblera dicté par ta minable jalousie ? Quoi que tu dises, personne ne le croira…

Rafael la fusilla du regard.

— Ce n'est pas moi qui parlerai, Madeline. C'est toute la presse qui te crucifiera.

Comme elle haussait les épaules avec nonchalance, l'expression de Rafael se fit plus dure.

— Enfin, Madeline, sois réaliste ! Crois-tu vraiment qu'ils ne découvriront rien ? Si Roxburgh est choisi comme candidat à la vice-présidence, la presse fouillera tout son passé — et le tien. Et ils trouveront, je t'assure. Quelqu'un fera le lien — et tu seras impliquée dans le plus grand scandale politique de la décennie !

Madeline était devenue livide.

— Comment oses-tu me menacer ? hurla-t-elle, folle de rage.

— Je ne te menace pas. Je t'avertis, répondit-il fermement. Personnellement, je n'en dirais pas un mot. Tu serais folle de croire le contraire. Peu m'importent tes combines nauséabondes.

Madeline malaxait furieusement le sac turquoise.

— J'obtiendrai ce que je veux — parce que c'est comme ça ! Rien ne m'arrête jamais. Si je veux être Mme Edward Roxburgh, épouse du prochain vice-président, je le serai !

Rafael prit une profonde inspiration. Puis, détachant ses mots :

— Madeline… tu es peut-être la femme la plus… libérée du monde, et multimillionnaire…, mais tu ne pourras jamais, jamais devenir la femme du vice-président des Etats-Unis. Parce que c'est impossible pour…

Il parut rassembler ses forces avant d'achever :

— … pour une ancienne prostituée.

12.

Il y eut un silence — seulement interrompu par le bruit du sac tombant sur le sol.

Madeline tourna lentement les talons. Sortit dans le couloir. Se dirigea vers l'ascenseur. Rafael attendit le bruit des portes qui se refermaient avant de se retourner vers Celeste.

On aurait dit un fantôme.

— Je suis vraiment désolé que tu aies assisté à ça…

— Elle a toujours les clés de ton appartement, répondit la jeune femme d'une voix étrangement distante.

Rafael poussa un juron.

— Je ferai changer les serrures ce soir même. En attendant, j'ai besoin d'un verre. On dirait que toi aussi.

Mais Celeste ne répondit pas, se contentant de ramasser la pochette de soie et de la reposer sur la table. Puis elle le rejoignit dans la cuisine, où il s'était versé un whisky qu'il avala d'un trait. Celeste prit seulement un verre d'eau au robinet.

— Tu es en état de choc, constata Rafael. Viens t'asseoir. Nous devons parler.

Il l'accompagna dans le salon. Lentement, elle s'assit à l'autre bout du canapé, son verre à la main.

Ce fut Rafael qui rompit le silence.

— Je ne savais pas, commença-t-il, les yeux dans le vague, le visage dur. Je ne l'ai appris qu'à la fin de notre relation. Et j'aurais préféré ne jamais rien savoir… C'est

Madeline elle-même qui m'a tout dit. Elle avait bu — mais ce n'est pas une excuse. L'alcool révèle simplement son côté insensible, celui grâce auquel elle a fait fortune. Pour elle, ce n'est rien que de très normal.

Se tournant vers Celeste, il continua :

— C'est arrivé dans la conversation — une soirée comme les autres. Nous parlions d'économie et des conditions de la croissance ; comment se financer à crédit, comment créer du capital... Nous nous racontions comment nous-mêmes avions commencé. C'est le plus grand problème des entrepreneurs débutants, quand ils n'ont pas de fortune personnelle pour se lancer...

Il s'interrompit un instant avant de reprendre :

— J'ai expliqué que j'avais constitué mon capital de départ en travaillant dès mon inscription à l'Université et en vivant le plus frugalement possible. Après mon diplôme, j'ai travaillé dix-huit heures par jour sans interruption pendant plus de trois ans, dans des emplois qui payaient bien parce qu'ils étaient au bout du monde, dangereux ou épuisants. Et quand j'ai eu fini de raconter ça... Madeline s'est mise à rire.

Il secoua la tête.

— Elle a ri, et elle a dit qu'elle était heureuse d'être une femme, car elle possédait avec son corps un atout bien plus monnayable que moi. Elle s'est vantée d'avoir gagné trois fois plus d'argent en six mois que moi en trois ans. Sans compter, a-t-elle ajouté, que le travail était des plus agréables. Elle avait même pensé à en faire son activité principale — les agences de call-girl ne sont jamais déficitaires...

Lentement, il regarda Celeste, dont le visage n'exprimait toujours rien. Alors, il se leva.

— Je suis désolé, répéta-t-il. Désolé que tu aies été mêlée à ça. Et que tu aies entendu ce que je lui ai dit. Si seulement j'avais réussi à me contrôler... mais on dirait qu'elle ne voit même pas le risque qu'elle court. Pourtant, c'est inévitable ! Dès que la campagne commencera, elle sera en ligne de mire. Quelqu'un la reconnaîtra — un ancien client ou une autre call-girl — et la dénoncera à la presse ! Il faut qu'elle rompe avec Roxburgh, sans quoi je vais devoir le prévenir moi-même. Cela risque de briser sa carrière !

Son regard se durcit.

— Quand elle m'a avoué tout ça, Madeline savait que je n'en parlerais à personne. Mais elle a eu le tort de croire que sa méthode ne me choquerait pas.

Il se rassit à côté de Celeste.

— Je l'ai quittée ce soir-là. Elle n'a pas supporté que je rompe… pour cette raison. Elle a tout fait pour que je lui revienne…

L'image de Madeline, allongée nue sur le lit dans une pose lascive, lui revint un instant à la mémoire.

— … mais j'espère, Celeste, que tu le comprends : pour rien au monde je ne retournerais avec elle. Je ne la toucherais pas, même avec des gants ! Ni elle ni aucune femme de son espèce.

Sa voix exprimait tout son dégoût, son aversion profonde. Celeste ouvrit la bouche comme pour lui répondre, mais elle ne dit rien.

Au même moment, le portable de Rafael sonna. Il poussa un juron quand il vit le numéro, puis décrocha.

— Non, je n'ai pas oublié. J'arrive.

Il referma le téléphone et tendit la main vers Celeste.

— Je déteste t'abandonner dans un instant comme celui-là, mais j'ai un rendez-vous très important dans une demi-heure. Impossible de le décaler. Je dois y aller.

Se relevant, il déposa un baiser sur son front. Celeste n'avait toujours pas bougé. La scène avec Madeline avait dû la traumatiser…, mais au moins savait-elle qu'il ne pourrait jamais retomber amoureux de cette femme.

— Tout ira bien ? demanda-t-il.

Comme Celeste hochait la tête, il continua :

— Je reviendrai le plus vite possible, mais pas avant le dîner. Nous passerons la soirée ici, en amoureux, d'accord ? Nous l'avons bien mérité. Et je t'en prie, ne pense plus à Madeline. Elle ne le mérite pas. Aucune femme comme elle ne le mérite.

Il lança un coup d'œil à sa montre et se dirigea vers la porte. Au moment de franchir le seuil, il se retourna pour la regarder une dernière fois. Comme elle était belle…

Il ne voulait pas la perdre. Jamais.

Puis, à contrecœur, il quitta l'appartement.

Sur le canapé, Celeste ne bougea pas. Mais son cœur venait de se briser en mille morceaux.

Rafael trépignait, le rendez-vous s'était bien passé, mais il lui avait paru durer une éternité. Le travail l'agaçait ; tout ce qu'il voulait, c'était rentrer chez lui et retrouver Celeste. Il lui avait envoyé un SMS en arrivant à sa réunion, mais elle n'avait pas répondu. Au moment où il prenait son agenda pour voir ce qui l'attendait le lendemain, il entendit sur son portable la sonnerie qui annonçait un message.

C'était Celeste. Il l'ouvrit… et dut relire à plusieurs reprises les mots affichés sur l'écran pour comprendre.

Son agence l'avait appelée en urgence pour un travail à Londres. Un travail qu'elle ne pouvait refuser. Elle avait réservé un vol et se dirigeait vers l'aéroport.

Ce fut comme si la terre s'ouvrait sous les pieds de Rafael.

Elle était partie.

Comment avait-elle pu ? Qu'est-ce qui l'avait poussée à s'enfuir ? Etaient-ce les manigances de Madeline, alors même qu'il l'avait assurée qu'il ne pouvait plus rien arriver entre eux ? Quoi qu'il en soit, il devait la rejoindre au plus vite. La convaincre qu'elle se trompait. Que Madeline n'était rien pour lui.

Il appela Celeste. Il fallait qu'il lui parle…, mais il tomba sur sa messagerie.

Une impression de déjà-vu le saisit à la gorge. Allait-elle disparaître de nouveau ?

Empoignant son ordinateur portable, il quitta son bureau. Quelques minutes plus tard, il montait dans un taxi et lançait :

— A l'aéroport JFK !

Sur le trajet, il tenta en vain de joindre Celeste, et de déterminer quel vol elle allait prendre.

Puis il attendit dans les embouteillages, partagé entre exaspération et panique.

13.

Les réacteurs ronronnaient doucement. Celeste inclina son siège, les yeux perdus dans l'immensité nocturne de l'Atlantique qui s'étendait sous elle. Pourtant, elle ne parvint pas à trouver le sommeil.

A l'atterrissage, son miroir lui renvoya une image qu'elle ne connaissait pas : les yeux rouges, l'air hagard, on aurait dit qu'elle n'avait pas dormi depuis des mois. Cela lui aurait posé problème si elle avait réellement eu une séance de poses, mais ce n'était pas le cas. Elle avait inventé cette excuse pour fuir New York.

Et Rafael.

Non. Elle ne devait plus penser à lui. Bloquer toute pensée, tout regret.

Même si cela lui brisait le cœur.

Elle traversa la douane et déboucha dans le hall d'arrivée comme un zombie. Elle n'était pas à Heathrow, ni dans un autre aéroport britannique, mais Francfort — la première destination européenne qu'on lui avait proposée à JFK. Et c'était très bien comme ça : le nombre impressionnant de messages laissés par Rafael sur son portable lui avaient appris qu'il la suivait, et qu'il la chercherait à Londres.

Ne pouvait-il pas la laisser tranquille ? L'oublier ?

Hélas, se répéter ces mots comme un mantra n'effaçait pas la douleur. Elle savait aussi qu'elle ne pourrait fuir éternellement. Un jour ou l'autre, elle devrait rentrer chez elle. Et affronter Rafael.

Mais pas maintenant. Pas encore.

Elle avait besoin de temps. Juste quelques jours.

Quelques jours pour accepter que tout était fini entre eux.

Rafael n'avait pas quitté son appartement depuis son arrivée à Londres. Le jour où il avait découvert que Celeste n'était pas rentrée chez elle, ni passée à son agence — agence qui ne lui avait proposé aucun contrat urgent et la croyait toujours à New York. En fait, personne ne savait où elle était.

Où aller en l'attendant ? Incapable de prendre la moindre décision, il était resté chez lui. Si Celeste réapparaissait à New York, tout comme à Londres, il serait informé. Il avait contacté son agence dans ce but, et même la jeune Louise, qu'il avait suppliée de le prévenir si elle avait la moindre nouvelle. Il ne connaissait personne d'autre dans le milieu de la mode.

Pendant cinq longs jours, Celeste ne donna aucune nouvelle d'elle.

Rafael avait cessé de lui écrire et de lui laisser des messages. De toute évidence, elle ne répondrait pas. Il ne pouvait qu'attendre.

Il tendit la main vers une bouteille de whisky, mais se ravisa. Se soûler pour oublier sa douleur ne servirait à rien.

Quand son portable sonna, il l'ouvrit précipitamment.

— Miss Philips a regagné son appartement, l'informa l'agent de surveillance dont il avait loué les services.

Un sentiment de soulagement l'envahit aussitôt. Quelques minutes plus tard, sa voiture se garait devant l'immeuble de Notting Hill. Il se précipita littéralement sur la sonnette. Répondrait-elle ? Il attendit, anxieux.

Enfin, il entendit le bourdonnement de la porte électrique. Il gravit les marches quatre à quatre, le cœur battant à tout rompre.

Celeste. Sa Celeste.

Ces quelques jours de séparation lui avaient permis de comprendre à quel point il tenait à elle, à quel point il l'aimait. Il ne pouvait vivre sans elle.

Il parvint enfin devant sa porte. Vêtue d'une simple robe en lainage bleu pâle, sans maquillage, les cheveux attachés — sublime, comme toujours — Celeste se tenait sur le seuil.

Avec une pointe de surprise, Rafael s'aperçut qu'il n'était jamais entré chez elle.

Qu'importait ? Bientôt, elle n'aurait plus besoin de cet appartement.

— Mais où étais-tu ? demanda-t-il en la serrant dans ses bras comme un naufragé.

Il voulut l'embrasser, mais elle se dégagea et recula pour le laisser entrer.

— Non, Rafael.

Que se passait-il ? Sa voix était aiguë, son visage affichait une expression de tristesse et une pâleur inquiétante.

— Es-tu malade ? demanda-t-il, soudain très inquiet.

Peut-être s'était-il trompé ; peut-être la fuite de Celeste n'avait-elle rien à voir avec l'épisode Madeline…

Mais la jeune femme secoua négativement la tête.

— Dieu merci ! s'exclama-t-il.

Il regarda autour de lui, découvrant un intérieur accueillant, avec un canapé bas et un tapis gris pâle, une bibliothèque imposante et une cheminée à l'ancienne. Des rideaux masquaient la grande baie vitrée.

— J'étais tellement inquiet, reprit-il en reportant son attention sur Celeste.

Elle rougit.

— Je suis… désolée. Mais je devais partir. De toute urgence.

— A cause d'un contrat imaginaire ?

Celeste se mordit la lèvre.

— C'était juste une excuse. Je suppose que tu le sais.

— Alors, pourquoi es-tu partie ? demanda-t-il, décontenancé.

Celeste détourna le regard un instant.

— Je crois que j'ai besoin d'un thé, Rafael. Le trajet par l'Eurostar était éprouvant.

— L'Eurostar ?

— J'ai atterri à Francfort. Et depuis…

Celeste se tut.

Depuis, elle cherchait la force de faire ce qu'elle devait. Elle n'était pas prête, mais il était ici… et elle devait mettre un terme à tout ça.

Elle se dirigea vers la cuisine, et Rafael l'y suivit.

— Un café ? proposa-t-elle. Je suis désolée, je n'ai que de l'instantané…

Elle repensa à la complexe machine à expresso de l'appartement de New York, qu'elle n'avait jamais réussi à utiliser. Quant à elle, elle choisit un thé indien fort, comme pour se donner du courage pour l'épreuve qui l'attendait.

Tandis qu'elle s'affairait à préparer les boissons, son esprit cherchait une issue…, mais elle savait qu'il n'y en avait pas.

Elle ne pouvait échapper à son passé. A son destin.

Et dire qu'elle s'était crue libre — libre d'aimer Rafael et de recevoir son amour.

Car, oui, elle était tombée amoureuse de lui. Comment aurait-il pu en être autrement ? Mais elle s'était lourdement trompée en pensant qu'elle pouvait se donner tout entière à lui.

— Dis-moi ce qui ne va pas, lança Rafael, l'arrachant à ses pensées.

Son accent était plus prononcé que d'habitude, signe de sa tension, mais il restait calme. Il retourna s'asseoir sur le canapé en l'attendant.

Quand elle entra à son tour dans le salon, le plateau à la main, elle ne put empêcher son cœur de bondir dans sa poitrine. Avec ses traits ciselés, son regard intense et sa chevelure de jais, il était si beau…

Souviens-toi de lui. De ce moment. Car c'est le dernier.

Celeste posa le plateau sur la table basse et s'assit en face de Rafael. Elle le vit grimacer. Comme elle aurait préféré s'asseoir près de lui, le prendre dans ses bras… mais c'était impossible. Plus maintenant.

— Pourquoi es-tu partie ? demanda-t-il. C'est à cause de Madeline, n'est-ce pas ?

Sans un mot, Celeste hocha la tête.

Rafael serra les poings. Dire qu'il avait cru être intervenu à temps, avoir empêché cette vipère de nuire à leur amour…, mais il s'était trompé.

— Elle t'a dit quelque chose ? Quelque chose qui t'a effrayée, qui t'a fait fuir. Quelque chose de toxique, de vénéneux. C'est pour cela que tu es partie.

C'était la seule explication possible.

Mais Celeste secoua négativement la tête.

— Alors quoi ? fit-il d'une voix oppressée. Je croyais avoir été clair : je ne veux plus rien avoir à faire avec elle ou avec quiconque de son genre !

Comme Celeste ne réagissait toujours pas, il reprit :

— Je comprends. Tu trouves que j'ai été trop dur avec elle. Que je l'ai jugée, condamnée à cause de ce qu'elle avait fait. Un vrai puritain… Mais tu te trompes, Celeste.

Sans la quitter des yeux, il continua :

— Celeste. je viens d'un pays pauvre — pauvre à un point difficilement imaginable pour les pays développés. Je viens d'une région où la population parvient à peine à survivre en travaillant pour les grands propriétaires terriens. Les gens vivent dans des taudis, dans des ghettos où les enfants doivent mendier dans la rue, où les égouts à ciel ouvert se déversent, où des gens dorment dehors et se shootent à la colle pour oublier la faim.

De plus en plus véhément, il poursuivit :

— Et où les femmes, jeunes ou vieilles, vendent leur corps pour un toit ou un repas pour leurs enfants ! Voilà ce que j'appelle la pauvreté, le désespoir. Et si tu crois que je condamnerais une femme dans de telles circonstances, tu te trompes complètement sur mon compte.

Il se pencha vers elle pour lui asséner :

— Ces femmes n'ont pas le choix ! C'est se prostituer ou mourir — ou pire, voir mourir leurs enfants. C'est le désespoir qui leur dicte leur conduite.

Puis, d'une voix sombre :

— Madeline Walters n'a jamais connu la faim ni la misère. Elle a choisi de se prostituer pour gagner de l'argent facile, voilà tout. Et elle s'est moquée de moi parce que j'avais travaillé comme une bête de somme ! Pour elle, c'était un choix. Tout ce qui comptait, c'était de gagner de l'argent, le plus vite possible — et cela ne lui a posé aucun problème moral. Voilà pourquoi je la condamne. Pourquoi je la méprise, comme je mépriserais toute femme qui a fait le même choix.

Enfin, il se tut.

Pas un muscle du visage de Celeste n'avait bougé. Sans répondre, elle but une gorgée de thé.

Le thé était brûlant, mais Celeste n'y prêta pas attention, incapable de sentir autre chose que la douleur dans son cœur.

Une douleur qui la dévorait.

Elle reposa la tasse. Se leva. Lentement. Regarda enfin Rafael. Le moment était venu.

Le moment de détruire le bonheur auquel elle avait voulu croire.

Le passé ne mourait jamais. Rien ne changeait. Rien ne pouvait changer.

Elle se répéta les paroles de l'homme qu'elle aimait.

« Je mépriserai toute femme qui a fait le même choix. »

Longtemps, elle avait cru qu'elle pourrait se taire. Ne rien lui dire, tout oublier. Mais elle s'était trompée.

Elle le regarda — une dernière fois. Il était là, tout proche, et en même temps à des années-lumière d'elle. Comme ces galaxies dont ils avaient parlé le soir de leur première rencontre, dans le parc du domaine. Comme les deux amants de la Voie lactée dont parlait la légende chinoise…

C'étaient eux, ces deux amants. Séparés à jamais par un océan d'étoiles.

Devant son silence, Rafael parla de nouveau.

— Je t'ai blessée, dit-il. J'en suis désolé. Je comprends que tu n'aies pas envie d'entendre parler de Madeline, et des femmes qui comme elle choisissent de vendre leur corps pour de l'argent facile.

Sa bouche se tordit en une expression de mépris.

— Celeste, continua-t-il, je sais que tu as vécu une expérience douloureuse. Quelque part dans ton passé, il y a un événement qui t'a traumatisée, qui t'a poussée à t'enfermer dans la solitude. Je n'ai jamais osé t'en parler, t'interroger à ce sujet, mais j'ai vu comment tu réagissais quand Karl Reiner t'a insultée, et quand il s'en est pris à Louise. J'ai toujours pensé qu'il avait dû t'arriver quelque chose de semblable — et qu'il n'y avait eu personne pour te sauver. Aussi, je comprends à quel point le comportement de femmes comme Madeline, qui usent de leur charme pour se vendre à des hommes comme Karl Reiner, doit te paraître répugnant. Mais je sais, Celeste, que s'il t'est arrivé quelque chose comme ça, tu ne l'as pas choisi ! Tu n'as rien de commun avec Madeline !

Elle voulut parler — mais le seul son qui sortit de sa bouche fut un sanglot étranglé. Enfin, d'une voix blanche, elle lança :

— Je suis exactement comme Madeline.

Rafael bondit.

— Comment peux-tu dire ça ? C'est faux ! Tu as vu comment Karl Reiner a fait boire Louise, comment il l'a droguée… elle n'aurait jamais compris de se retrouver dans son lit !

Cette fois, ce fut Celeste qui cria.

— Je ne suis pas Louise ! Ne crois pas qu'il me soit arrivé la même chose ! Je savais exactement ce que je faisais, et je savais exactement combien d'argent cela me rapporterait.

La bouche tremblante, elle ajouta :

— Parce que fixer son tarif est la première chose qu'apprend à faire une prostituée !

Rafael se figea. Incapable de réagir, de penser. Pétrifié.

Celeste, elle, oscillait d'avant en arrière, les yeux hagards, comme si elle était ailleurs. Hors de son corps. Pourtant, elle parlait encore. Il l'entendit comme si elle lui parlait depuis une infinie distance.

— Maintenant, tu sais. Je suis comme Madeline. J'ai fait le même choix qu'elle. Je voulais de l'argent facile.

Le silence qui suivit parut durer une éternité.

— Je ne te crois pas, prononça enfin Rafael d'une voix plate.

Elle leva la tête, l'air féroce.

— Tu as tort ! Crois-moi, Rafael. C'était de la prostitution, rien d'autre. Du sexe contre de l'argent.

— Non…

— *Si !* Oh ! crois-moi, continua-t-elle amèrement, j'ai essayé de me dire le contraire, mais j'étais dans le déni. De la prostitution, purement et simplement.

D'une voix ténue, elle se lança dans son récit :

— Je débutais comme mannequin, et je me suis très vite rendu compte que, contrairement à mes rêves d'adolescente, ce n'était pas un métier où l'on gagnait bien sa vie. Moi qui rêvais de luxe… je m'étais trompée. Parfois, on ne nous payait même pas, ou alors simplement avec les vêtements que nous portions. Mais j'avais besoin d'argent.

Les yeux dans le vague, comme plongée dans un passé insupportable, elle continua :

— J'ai dû trouver une façon d'en gagner. Le plus vite possible. As-tu déjà entendu parler des « fiancées d'été » ? C'est une sorte de coutume, au Moyen-Orient, où les rapports sexuels hors du mariage sont très mal vus. De richissimes hommes d'affaires s'achètent une épouse. Temporairement. Pour l'été. Pour obtenir… ce qu'ils veulent. C'est une sorte de mariage. Un mariage où l'homme paie la femme pour la… consommer. Puis il l'abandonne.

Un instant, elle demeura silencieuse, avant de reprendre d'une voix blanche :

— J'avais un contrat pour une séance dans un pays du Golfe. De nouvelles marques de mode se lançaient sur le marché, et elles aimaient tout particulièrement les blondes. Le contrat payait bien, du moins pour une débutante, mais… j'en voulais davantage. Aussi, quand un des assistants du photographe m'a demandé si j'étais intéressée par un travail plus lucratif… j'ai dit oui. C'est alors qu'il m'a parlé des « fiancées d'été ». Avec mes cheveux blonds, j'étais une candidate de choix. Il m'a dit que ma compensation serait élevée…

Le terme parut lui rester en travers de la gorge.

— Une compensation de fiancée… c'est ainsi qu'il l'appelait, mais je savais que c'était un leurre. Qu'ici, nous aurions appelé cela de la prostitution. Mais j'ai accepté. J'ai pris l'argent…

Elle avala sa salive avec difficulté.

— Je sais ce que ça a fait de moi. Ce que ça fait encore de moi. Je n'ai aucune excuse, continua-t-elle en levant enfin les yeux sur lui. On ne m'a ni trompée ni forcée. J'ai fait ce que je voulais faire en toute connaissance de cause. Exactement comme Madeline.

Un long moment, elle ferma les yeux. Puis elle ajouta :

— Voilà. Tu sais pourquoi j'ai quitté New York l'autre jour. Et pourquoi tout est fini entre nous.

Rafael vit un frisson la parcourir.

— Je t'ai menti, Rafael. Menti par omission. Je t'ai trompé. Parce que j'avais envie de toi, parce que je te voulais dans ma vie. J'ai voulu croire que je pouvais laisser mon passé derrière moi, oublier même ce qui s'était produit. J'étais prête à te faire confiance, à croire en toi et en notre relation. Et puis… et puis je t'ai entendu parler de Madeline. De ton mépris pour elle. Et tout s'est effondré. J'aurais dû le savoir : on n'échappe pas à son passé. Tu as été assez clair là-dessus. Tu ne pourras jamais aimer une femme comme Madeline… ou comme moi.

De nouveau, elle se tut, les yeux fermés, avant de reprendre :

— C'est pour cela que je suis partie. Et maintenant, tu dois partir aussi. Je suis désolée — sincèrement, du fond du cœur — de t'avoir traité aussi mal. De n'avoir pas parlé plus tôt. De t'avoir menti. D'avoir disparu. Et surtout, de t'avoir laissé croire que quelque chose pouvait exister entre nous. Crois-moi, Rafael, si toutefois tu peux encore me croire après ce que je viens de te révéler : ces moments entre nous ont été les plus beaux de toute ma vie.

Enfin, elle se tut. Epuisée. Vidée. Brisée.

Après un long silence, Rafael parla enfin.

— Quel âge avais-tu ?

— Dix-sept ans. Mais ça n'a pas d'importance. J'ai donné mon consentement en toute connaissance de cause. Personne ne m'a forcée.

— Mais tu étais encore une enfant ! coupa-t-il, plein de colère. On a abusé de toi ! Tu n'avais pas idée de ce que tu faisais !

Celeste redressa la tête comme s'il l'avait giflée.

— Mon âge n'a rien à voir là-dedans ! Je savais très bien ce que je faisais : coucher avec un inconnu pour de l'argent ! Et les mots n'y changent rien — je me suis prostituée, comme Madeline !

— Je refuse absolument que tu te compares à elle !

— Eh bien, tu as tort. Je suis sincèrement désolée de te blesser, mais…

— Désolée ? la coupa-t-il. Vraiment ?

— Bien sûr. Je suis désolée de t'avoir fait du mal, et…

De nouveau, il l'interrompit :

— Et pour toi, Celeste, es-tu désolée ? Avec tes yeux d'adulte, tu regrettes sans doute amèrement ce que tu as fait, n'est-ce pas ? Ce n'est pas le cas pour Madeline. Elle a décidé une fois pour toutes de ne rien regretter. Mais toi, toi Celeste, qu'en penses-tu maintenant ? Regrettes-tu ce que tu as fait ? Si c'était à refaire, tu ne recommencerais pas, n'est-ce pas ?

Elle ne répondit pas. Autour d'eux, l'air semblait peser des tonnes. De la réponse de Celeste dépendait leur avenir.

Elle secoua la tête.

— Non, Rafael. Je ne regrette rien. J'ai eu ce que je voulais. De l'argent facile. Comme… Madeline.

Il la fixa longuement.

Puis, sans un mot, il tourna les talons et disparut.

Le ciel nocturne était couvert. L'averse menaçait. Rafael marchait dans la nuit. Il marchait sans s'arrêter, sans ralentir. Sa voiture le suivait sans doute, et son chauffeur devait croire qu'il était devenu fou, mais il s'en fichait. Il ne parvenait plus à penser.

Surtout pas à Celeste.

Celeste, au prénom si mensonger. Qui n'était pas celle

qu'il avait cru, celle dont il avait voulu gagner pas à pas la confiance.

La confiance… et c'était elle qui l'avait trahi ! Quelle ironie…

Il serra les mâchoires, revoyant la scène où elle lui avait lancé au visage : « Je suis comme Madeline ! »

Et c'était les propos de Madeline qui lui revenaient — quand elle avait vu à quel point ses révélations l'avaient choqué.

« Je t'en prie, Rafael, arrête un peu avec tes préjugés ! La prostitution n'est pas réservée à des femmes qui meurent de faim ! Le sexe est une marchandise comme une autre. On peut l'acheter et le vendre. En quoi cela te gêne-t-il ? J'ai un bien que des clients veulent acquérir, un bien qui me rapporte énormément — alors pourquoi m'en priverais-je ? Au nom de ta moralité, tu voudrais me voir emprisonnée et fouettée, c'est ça ? »

Il n'avait rien répondu, mais son silence n'avait fait qu'empirer les choses. Madeline s'était faite méprisante.

« Tu as un problème, mon pauvre. La plupart des hommes seraient ravis à l'idée de pouvoir disposer gratuitement de ce que d'autres paient si cher — sans compter que je me permets de te rappeler la qualité de mes services, qui jusque-là ont paru te satisfaire. Cela dit, si tu en veux davantage, je serais ravie de te montrer ce que je sais faire… et tu en serais ravi aussi, crois-moi. »

Encore une fois, il était resté silencieux. Quand il avait tourné les talons pour quitter la pièce, elle s'était mise à crier.

« Je t'interdis de me quitter comme ça ! Ton attitude est machiste ! Nous les femmes, nous sommes fortes et indépendantes — et nous pouvons faire ce que nous voulons de notre corps ! Un demi-siècle de féminisme nous a libérées de votre regard et de votre jugement ».

Il s'était arrêté net. Lentement, il s'était retourné pour rétorquer :

— Un demi-siècle de féminisme pour redécouvrir le plus vieux métier du monde… Tu te dégrades volontairement et tu dégrades le sexe — qui devrait être un don, un cadeau mutuel, et non pas une marchandise. Et si tu ne le comprends pas, si tu ne regrettes pas ce que tu as fait, il ne peut rien y avoir entre nous.

Et il était parti. Pour toujours.

Comme il venait de le faire chez Celeste.

Pourtant, au fond de lui une voix protestait. Pas Celeste ! Pas elle ! Elle ne pouvait pas être comme Madeline…

Non, la femme avec qui il avait voulu partager sa vie devait être différente. Car, au cours de jours qu'il avait passés à la chercher, il avait compris qu'il ne pouvait pas imaginer sa vie sans elle.

Et cette vérité aveuglante, Celeste l'avait éteinte en quelques phrases. Elle lui avait brisé le cœur.

Rafael marcha longtemps dans la nuit.

14.

En sortant de chez elle, Celeste frissonna dans le vent glacial. Son manteau ne pouvait pas grand-chose contre le froid de l'hiver… ni, surtout, contre celui qui régnait dans son cœur.

Parfois, en dépit de tous ses efforts, les souvenirs d'un temps où elle avait eu chaud lui revenaient.

La brise du Pacifique. La chaleur, le sable blanc, la caresse du soleil sur sa peau…

Les souvenirs se moquaient cruellement d'elle, pauvre naïve qui avait cru au bonheur.

Tout ce qu'elle avait réussi à faire, c'était blesser un homme innocent, un homme bon, qu'elle avait aimé et qu'elle avait trompé par son silence. Elle l'avait trahi !

Le remords la taraudait. Son visage quand elle lui avait avoué la vérité… c'était comme si elle lui avait plongé un poignard en plein cœur — et en même temps dans le sien.

Sauf qu'elle, elle ne méritait pas mieux.

Elle resserra le manteau autour de ses épaules, frissonnant de tous ses membres trop maigres. Elle était plus mince que jamais, car elle avait perdu l'appétit. Mais à quelque chose malheur est bon : les couturiers adoraient sa silhouette, ce qui lui avait valu d'être engagée pour tous les défilés d'automne, puis pour ceux d'hiver.

Elle tiendrait jusqu'au printemps, au rythme effréné des défilés et des nouvelles collections. Au moins, elle n'aurait pas le temps de penser à autre chose. Ensuite… Ensuite, elle arrêterait tout.

Sa carrière n'avait plus de sens à ses yeux. La mode désormais lui paraissait absurde. A quoi bon tout cela ? Qui se souciait des coupes, des silhouettes, des matières ? Qui se souciait du nom des couturiers à la mode et de ceux sur le déclin ? Pas elle. Elle avait perdu tout intérêt pour le milieu.

Et pour tout le reste.

Que ferait-elle quand elle ne serait plus mannequin ? Elle l'ignorait et s'en moquait. Elle quitterait son appartement, c'était certain — car elle ne pouvait plus supporter Londres. Mais elle irait n'importe où. Loin d'ici. Une vallée d'Ecosse, une colline au pays de Galles, une lande dans le Yorkshire… Quelle importance ?

Car où qu'elle aille, elle serait rattrapée par son passé, ce passé qui avait détruit son bonheur, qui lui avait brisé le cœur et la condamnait à un futur de solitude.

Seule et sans amour.

Sans Rafael. Pour toujours.

Les projecteurs étaient braqués sur le petit podium et sur la collection de sacs à main aux couleurs de l'arc-en-ciel.

— Mais mes remerciements les plus sincères, disait Lucien Fèvre, debout sur l'estrade, vont à l'homme qui a cru en moi et qui m'a soutenu dans la création de cette collection.

Il se tourna vers Rafael qui, à l'écart des feux des projecteurs, inclina la tête et sourit.

Il n'en avait pourtant aucune envie. Il ne souriait plus que rarement. Depuis des semaines, son visage portait un masque de tristesse qui inquiétait ses collaborateurs. Il n'y pouvait rien.

Lucien continuait son discours. C'était le lancement

officiel de sa collection, et la marque avait le vent en poupe. La presse spécialisée l'acclamait. Rafael avait pris soin d'entourer le couturier d'une équipe solide, de la publicité aux finances, qui permettait enfin à son génie créatif de s'exprimer pleinement.

Il se sentait heureux pour Lucien Fèvre — même s'il aurait donné n'importe quoi pour ne pas être là en cet instant.

Ce gala lui rappelait trop la soirée où Madeline avait débarqué comme la mauvaise fée dans un conte — une mauvaise fée dont la malédiction avait porté ses fruits.

Ou bien était-ce sa faute à lui ?

Si seulement il n'avait pas tenté de la mettre en garde contre ses ridicules ambitions politiques ! S'il n'avait rien dit devant elle, Celeste n'aurait jamais su pourquoi il avait rompu avec Madeline… Et elle ne lui aurait jamais parlé de son passé. Ils seraient encore ensemble.

Son estomac se serra devant cette logique implacable, et devant l'immensité de sa perte.

Mais si Celeste ne lui avait pas avoué son passé, alors ils auraient vécu dans le mensonge.

Après sa rupture avec Madeline, il lui était arrivé de regretter ses actes et ses paroles — mais jamais aussi fort, aussi intensément qu'avec Celeste.

Il n'était pas amoureux de Madeline. Voilà la différence et ces mots lui brûlaient l'esprit et le cœur.

Sous les applaudissements, Lucien termina son discours de remerciements. Deux journalistes de mode influents s'approchèrent du podium pour lui parler. Rafael se mêla au reste de la foule. Quelques minutes plus tard, Lucien le rejoignit.

— J'ai été désolé d'apprendre que Celeste n'était pas des nôtres, dit le petit homme. J'aurais tant aimé la revoir.

Rafael eut une réponse évasive.

— J'aurais voulu lui offrir un sac, continua Lucien.

Celui qu'elle préférait dans la collection. Vous savez, Rafael, je n'oublierai jamais sa bonté quand Madeline Walters s'en est prise à moi ce soir-là. Il est si rare de trouver la beauté et la gentillesse dans une même personne…

— Vous avez raison, confirma Rafael, avant d'orienter la conversation sur un sujet moins douloureux.

Mais les mots de Lucien hantaient ses pensées. « Je n'oublierai jamais sa bonté »… De nouveau, il revit l'intervention de Celeste quand Madeline s'en était prise à Lucien. Spontanément, elle avait compris qu'il se sentait mal à l'aise, et elle était intervenue.

Tout comme elle n'avait pas hésité à intervenir lorsque Karl Reiner avait tenté de droguer Louise. Sans se soucier de faire une scène, sans craindre la colère d'un homme riche et influent dans le milieu de la mode, elle avait volé au secours de la jeune fille.

Madeline n'aurait jamais fait ça. Elle se serait contentée de rire, de trouver la scène amusante. Ou bien elle aurait haussé les épaules et déclaré que la fille était idiote — ou au contraire qu'elle ferait bien de profiter des faveurs d'un homme pour lancer sa carrière.

Mais le sort de Louise, tout comme celui de Lucien qu'elle avait licencié de sa propre marque, lui aurait été complètement indifférent.

Rafael entendait encore la voix de Celeste répéter :

« Je suis comme Madeline… »

Il serra les poings. C'était faux, complètement faux ! Pourquoi avoir tant insisté ?

Ce soir-là, ce terrible soir, il avait argué qu'elle était trop jeune, qu'elle avait agi sans savoir, qu'on avait abusé de sa naïveté. Mais elle avait réfuté cela d'une voix déterminée. « Je ne regrette rien. »

Cela n'avait pas de sens !

Plus il repensait à la scène, plus cette conclusion s'imposait à lui. L'idée que Celeste ait pu se prostituer pour gagner de l'argent facile ne correspondait en rien à sa personnalité.

Elle avait refusé de renouveler un contrat lucratif avec Reiner pour ne pas avoir à coucher avec lui. Refusé de se vendre pour sa carrière…

C'était incompatible avec ce qu'elle avait dit d'elle-même. Non, sa confession — aussi virulente qu'elle ait été — n'avait pas de sens.

Soudain, les rouages de sa pensée se mirent en branle. C'était impossible… et cela ne pouvait être qu'un mensonge.

Si elle n'éprouvait aucun regret pour ce qu'elle avait fait, alors pourquoi menait-elle cette vie de recluse ? Pourquoi s'interdisait-elle toute relation avec des hommes ? Pourquoi le passé la hantait-il ? Pourquoi lui avait-il été si difficile de le laisser entrer dans sa vie ?

Autour de lui, la foule bougeait comme une mer colorée, mais Rafael restait immobile, sidéré par les pensées qui lui venaient.

Madeline n'avait pas de regrets — elle avait soif de vivre, de faire des affaires, d'assouvir ses appétits sexuels…

Mais pas Celeste. Celeste s'était retirée du monde comme si elle avait été traumatisée. Ce qui ne pouvait signifier qu'une chose…

Elle regrettait ce qu'elle avait fait !

Mais alors, pourquoi mentir ? Pourquoi détruire tout ce qu'il y avait entre eux ?

Et soudain, tout se mit en place dans sa tête. Si Celeste avait menti sur ses regrets, il ne pouvait y avoir qu'une seule explication à son mensonge.

Sans même en prendre conscience, il avait traversé la pièce et sorti son portable de la poche. Il avait des appels urgents à passer — des appels dont son bonheur, non, dont sa vie dépendait.

Il ne pouvait pas se tromper !

L'espoir — le plus précieux des sentiments — venait de renaître en lui, et il s'y accrochait de toutes ses forces.

Celeste faisait ses bagages. Cette fois, pas de shooting au bout de monde. Non, elle quittait définitivement Londres. A vrai dire, elle ignorait encore sa destination. Elle s'était simplement arrangée pour louer son appartement. Les locataires arriveraient la semaine suivante. Une agence s'occuperait de tout. Les affaires qu'elle n'emportait pas étaient stockées dans un garde-meubles. Dans ses valises, elle n'avait gardé que des vêtements d'été. Elle voulait aller là où il faisait chaud.

Elle ne resterait pas en Angleterre, même si le printemps approchait. Elle avait participé aux défilés d'hiver avant de quitter son agence.

La dernière chose qu'elle avait faite, c'était d'envoyer un message d'encouragement à Louise, qui débutait sa carrière. A vrai dire, celle-ci semblait prometteuse, et la jeune fille sortait désormais avec un garçon qui non seulement n'appartenait pas au milieu de la mode, mais mesurait un mètre quatre-vingt-dix et jouait au rugby — des qualités essentielles pour tenir à distance des hommes comme Karl Reiner. Oui, Louise avait appris très vite, et tout irait bien pour elle désormais.

Et pour elle aussi. D'une façon ou d'une autre.

A vrai dire, pour elle, « aller bien » signifiait seulement fonctionner comme un automate ; néanmoins, elle tenait encore debout. Elle n'avait plus qu'à fermer sa valise et à disparaître.

Quelle destination choisir ? L'Espagne ? La vie y était abordable et il y faisait chaud… mais non : entendre parler espagnol lui rappellerait Rafael…

Elle aurait dû réfléchir plus tôt à sa destination, mais elle n'y était pas parvenue. Elle ne voulait pas envisager le futur — comme si sa vie s'était arrêtée le jour où elle avait quitté Rafael.

Où faisait-il chaud en cette période de l'année ? Un pays où on ne parlait pas espagnol…

Dubaï était une destination à la mode, et il faisait chaud dans les pays du Golfe…

La réponse tomba comme un couperet. Non. Plus jamais elle ne mettrait les pieds là-bas. Alors, où ?

En Australie ?

Non plus. Etouffant un gémissement, elle saisit sa valise. Elle verrait bien quand elle serait à l'aéroport. De toute façon, plus rien ne lui importait. Elle ne comptait plus pour personne…

La douleur se referma sur sa poitrine comme un étau, mais elle l'ignora. C'était la seule solution. Continuer à fonctionner, voilà ce qui comptait.

La sonnette de l'entrée retentit. Son taxi devait être arrivé. Elle prit son trousseau de clés et jeta un dernier coup d'œil sur l'appartement autour d'elle. Elle ne ressentait plus rien, comme si tout son cœur avait été pris dans un bloc de glace.

Elle appuya sur le bouton de la porte électrique pour signaler au chauffeur de taxi qu'elle arrivait, puis enfila son manteau et sortit de son appartement vide.

Aussi vide qu'elle.

Au moment où elle allait refermer la porte, elle s'arrêta net.

Rafael venait d'apparaître dans l'escalier.

Impossible. Elle se trompait…

Et pourtant non. C'était bien lui. Elle ouvrit la bouche, mais aucun son n'en sortit.

Il fronça les sourcils en découvrant la valise à côté d'elle. Sans un mot, il la prit par les épaules et la guida à l'intérieur de l'appartement, empoignant la valise comme si elle ne pesait rien.

— Je veux te parler, lança-t-il d'une voix rauque. J'en ai besoin.

Elle ne répondit rien. La tête lui tournait devant ce regard brûlant et cette voix impérieuse. Elle le vit parcourir des yeux la pièce nue.

— Où allais-tu ? demanda-t-il.

Enfin, Celeste parvint à parler.

— Je pars, dit-elle. J'ai loué mon appartement et je vais m'installer à l'étranger.

— Où ?

— Je ne sais pas, répondit-elle comme malgré elle.

Son cerveau semblait refuser de fonctionner, submergé par l'émotion. Le simple fait de revoir Rafael, de sentir sa présence à ses côtés dans cet appartement après des mois de séparation, lui était insupportable.

— Pourquoi pas l'Australie ? demanda-t-il d'une voix radoucie. Après tout, tu as la double nationalité, n'est-ce pas ?

Celeste se figea.

— Comment… comment le sais-tu ?

Il posa sur elle ses yeux noirs de basalte.

— J'en ai appris beaucoup sur toi, Celeste. Et c'est pourquoi j'ai besoin de te parler.

Elle secoua la tête. *Non, par pitié.* Mais il la prit par les épaules, délicatement.

— Si, Celeste. Assieds-toi, je t'en prie.

Il la fit asseoir sur le canapé — avec ses coussins parfaitement alignés pour les futurs locataires — et s'assit face à elle. Malgré la table basse qui les séparait, elle eut l'impression qu'une force magnétique émanait de lui, une force à laquelle elle ne pouvait échapper…

— Je dois partir, fit-elle faiblement. Un taxi va arriver.

Au même instant, la sonnette de l'entrée retentit de nouveau. Elle voulut se lever, mais Rafael fut plus rapide : il alla décrocher l'Interphone et renvoya le taxi avant de revenir se poster face à elle. Il resta un instant debout à la contempler, si grand, si impressionnant qu'elle en eut le souffle coupé.

Lentement, il se rassit, la détaillant de la tête aux pieds avec un regard critique.

— Tu es trop mince. Beaucoup trop.

Elle ne répondit rien. Que lui importait son apparence physique ? Pourquoi était-il ici ?

Quand il se mit à parler, elle tenta désespérément de ne pas entendre les mots qu'il lui disait — mais ceux-ci pénétrèrent en elle comme des balles de revolver.

— Il m'a fallu longtemps, Celeste, mais j'ai fini par comprendre ce qui n'allait pas dans ce que tu m'avais dit. Tu as prétendu ne pas regretter ce que tu as fait à dix-sept ans, même aujourd'hui.

Il s'interrompit un instant.

— Il n'y a que deux raisons pour lesquelles tu aurais pu dire ça. Soit parce que, comme Madeline, tu étais parfaitement à l'aise avec ce que tu avais fait — parce que cela ne te posait aucun problème moral. Ou alors…

Il secoua la tête, les yeux dans le vague.

— Dis-moi… comment se fait-il que tu aies la double nationalité ?

Comme elle ne répondait pas, il poursuivit :

— Je vais te le dire. Ton père était australien, et tu es née là-bas. Mais ta mère était anglaise, et à la mort de ton père vous êtes revenues vivre ici. A dix-sept ans, tu y es retournée pour y vivre pendant trois ans. Tu n'es revenue qu'ensuite.

De nouveau, il la fixa d'un œil sombre.

— Pourtant, le voyage coûte cher. Et ta mère n'avait pas beaucoup d'argent, n'est-ce pas ? Mais, en Australie, tu as vécu dans des palaces. Cela a dû te coûter une fortune… d'autant plus que tu n'étais pas seule, n'est-ce pas ?

Les mains de Celeste serraient son sac à main, si fort

que ses jointures étaient blanches. Ainsi, il avait tout découvert…

D'une voix douce, Rafael reprit :

— J'ai son certificat de décès, Celeste. Et j'ai aussi celui de ton père. Mes enquêteurs australiens ont tout retrouvé, tout reconstitué. C'est comme ça que j'ai appris qu'ils sont morts au même endroit… à quinze années d'intervalle. Tu m'as dit que ton père s'était noyé, Celeste, mais tu ne m'as pas précisé que c'était en portant assistance à un autre surfeur. J'ai vu les coupures de presse. Il est mort en héros. On m'a envoyé une photo où ta mère reçoit la médaille qu'on lui a accordée à titre posthume. Tu es avec elle. Tu avais deux ans.

— Je connais cette photo, acquiesça Celeste, soudain épuisée. Ma mère l'adorait. Elle pleurait chaque fois qu'elle la regardait. Elle aimait tant mon père…

— Oui, fit Rafael en écho. Si fort qu'elle a voulu retourner en Australie pour mourir au même endroit que lui.

Celeste se rappela la mort de sa mère. Elle avait quarante-deux ans. Beaucoup trop jeune…, mais le cancer frappe à n'importe quel âge.

Rafael lui prit la main, et son contact lui donna enfin la force de parler.

— On a diagnostiqué son cancer trop tard, dit-elle. Le cancer des ovaires est très difficile à dépister. Pour ma part, je vérifie tous les ans — ma mère m'a fait promettre de ne jamais oublier, pour que cela ne m'arrive pas à mon tour.

Elle avala sa salive avec difficulté avant de poursuivre :

— Elle a quitté l'Australie après le décès de mon père. Elle ne pouvait plus y vivre, pas sans lui. Mais quand elle a su qu'elle allait mourir, elle a décidé de repartir. Pour le retrouver. Elle voulait refaire leur voyage de noces — ils avaient passé des mois à visiter l'Australie, sac au dos, certains d'avoir tout le temps du monde. Mais ils n'ont eu que trois ans…

— C'est toi qui l'as ramenée là-bas, n'est-ce pas ? demanda Rafael d'une voix douce. Tu l'as accompagnée pour ce voyage. Vous avez terminé par la plage où il était mort… et puis ta mère est morte à son tour. Et tu l'as fait enterrer à ses côtés. Au bord de l'océan.

Celeste sentit des larmes silencieuses couler le long de son visage et Rafael lui caressa la joue avec délicatesse.

— C'est pour payer tout cela que tu as choisi de devenir une… « fiancée d'été ».

Incapable de parler, Celeste demeura silencieuse.

— Tu as dit que tu voulais de l'argent facile, reprit Rafael doucement. Mais… tu n'as pas dit pourquoi.

Elle leva les yeux vers lui.

— Quelle différence cela fait-il ? Je ne l'ai jamais regretté, un point c'est tout. J'ai pris une décision, et je prendrais la même si c'était à refaire. Et je n'ai ni remords ni regret. Si j'avais pu agir différemment, je l'aurais fait, mais c'était la seule solution.

Rafael lâcha sa main et se leva d'un bond.

— Quelle différence ? répéta-t-il. Mais cela change tout !

— Bien sûr que non, répliqua Celeste d'une voix chargée de colère et de haine — haine contre elle-même et ce qu'elle avait fait. J'ai vendu mon corps ! On m'a conduite dans un pavillon à l'extérieur de la ville, et j'ai subi un simulacre de cérémonie dans une langue que je ne comprenais même pas, tout ça parce qu'on m'avait payée. *Payée*, tu m'entends ? Et pour s'assurer que je sois soumise et docile, on me donnait quelque chose à boire chaque soir — sans doute du Rohypnol, ou quelque chose de ce genre, car toute cette époque est passée dans un brouillard… et c'est tant mieux.

Sa voix changea.

— Parfois, on me faisait attendre. Sur une terrasse ou dans un patio, je ne me souviens plus très bien. Mais je me souviens que je regardais les étoiles, les étoiles si lointaines…

Elle s'interrompit de nouveau avant de reprendre dans un murmure :

— J'aurais voulu m'enfuir, rejoindre les cieux. Echapper à la Terre, à ce qui m'arrivait, à ce qu'on me faisait. Parce que… c'était insupportable. Mais je ne pouvais pas l'empêcher. Pas si je voulais que ma mère puisse retrouver l'endroit où elle avait été si heureuse, où elle voulait mourir…

Sa voix se brisa et elle se tut.

N'y tenant plus, Rafael prit les mains de Celeste et s'agenouilla devant elle.

— Je veux que tu comprennes quelque chose, dit-il. Quelque chose de très important.

Il parlait lentement, car il savait que les mots qu'il allait prononcer seraient les plus importants de sa vie.

— Personne, Celeste, ne peut nous juger sur nos actes sans tenir compte de nos intentions. Tu m'entends ?

Sa voix tremblait — il devait le lui faire comprendre, l'amener à se pardonner. Il se releva et l'aida à faire de même.

— Ce que tu as fait, tu ne l'as pas fait pour toi, mais pour ta mère, et cela change tout. Les conséquences de ton choix t'ont traumatisée, et tu t'es enfermée dans la solitude, comme si tu ne méritais pas de vivre une relation normale. Ne me dis pas que c'est l'attitude de quelqu'un qui n'a pas de regrets !

Il la prit par les épaules et poursuivit :

— Dire que tu t'es comparée avec Madeline ! Si seulement tu m'avais raconté cette nuit-là ce que tu viens de me dire, s'il ne m'avait pas fallu plusieurs mois pour comprendre, alors j'aurais…

Il la prit dans ses bras.

— J'aurais fait ce que je vais faire maintenant, Celeste. Je t'aurais demandé pardon pour ne pas t'avoir fait confiance. Je t'aurais suppliée de ne pas me quitter. De m'aimer autant que je t'aime, maintenant et pour toujours.

Et il l'embrassa avec une infinie douceur. Au bout de quelques secondes, pourtant, elle se dégagea.

— J'ai vu le mépris dans ton regard… quand tu parlais de Madeline et des femmes comme elle.

— Et maintenant, que lis-tu dans mes yeux ? Y vois-tu autre chose que l'amour, Celeste ? Non. Tu n'y verras jamais que cela. Je t'aime. Ce que tu as fait demandait un courage exceptionnel, un courage que j'admire. Jamais je ne condamnerais une femme qui s'est prostituée par obligation — et c'était le cas, que tu le reconnaisses ou non. Tu as agi pour ta mère, Celeste. Par amour.

Sans attendre de réponse, il la prit dans ses bras, pour l'emmener loin du passé et de la souffrance. Plus jamais il ne la laisserait partir.

Celeste se mit à pleurer ; son corps mince frissonna contre le sien. Quand enfin elle releva la tête, il souffla :

— Viendras-tu avec moi ? Veux-tu vivre avec moi, pour toujours ?

Il l'embrassa de nouveau. Puis, ramassant la valise, il la prit par la main et l'accompagna hors de l'appartement.

— Où allons-nous ? demanda-t-elle.

Dans son regard, il lut une étincelle nouvelle — celle de l'espoir, comme si elle s'était enfin affranchie de son passé.

— Vers le futur.

Epilogue

La brise chaude faisait voleter le voile de sa robe. Devant elle, le soleil faisait vibrer les eaux turquoise du Pacifique au pied du belvédère, au bout du sentier. Vu d'ici, le cadre était idyllique : une tonnelle dans le parc, entourée de bougainvillées blanches, donnant sur l'océan.

Mais Celeste n'avait d'yeux que pour l'homme qui se tenait sous la tonnelle. Rafael. Rafael, l'homme qui l'avait libérée de ses chaînes, de son passé, qui l'aimait autant qu'elle l'aimait.

Son cœur se serra sous la puissance de ses sentiments pour lui. Il la regardait avancer vers lui avec un sourire éblouissant. Le prêtre attendait. Elle s'avança dans l'allée au son d'une douce mélodie hawaïenne.

Quand elle le rejoignit, ils se prirent par la main, les yeux dans les yeux. Elle répondit au prêtre d'une voix claire et forte.

Enfin, il leur donna sa bénédiction, et ils s'embrassèrent.

— *Señora* Sanguardo…, murmura Rafael.

— Pour toujours, répondit-elle.

Puis, main dans la main, ils se dirigèrent vers le buffet qui les attendait dans le parc.

Et vers leur avenir.

collection Azur

Ne manquez pas, dès le 1er février

UNE EXQUISE PROVOCATION, *Melanie Milburne* • *N°3555*

Depuis le jour où elle a été recueillie, adolescente, par la mère de James Challender, Aiesha a passé sa vie à provoquer ce dernier. Elle sait exactement comment faire entrer cet homme, si maître de lui en toute circonstance, dans une colère folle, et ne s'en prive pas… car c'est son seul mécanisme de défense contre le trouble étrange qu'il éveille en elle. Mais quand sa dernière provocation – inventer qu'ils ont une aventure –, les oblige à cohabiter pendant trois semaines dans un château isolé de la campagne écossaise, Aiesha sent l'angoisse l'envahir. Si James ne cache pas le mépris qu'elle lui inspire, elle lit aussi dans son regard un désir fou. S'il se décide à céder à cette brûlante passion, saura-t-elle lui résister ?

UN RISQUE INSENSÉ, *Carol Marinelli* • *N°3556*

Coup de foudre au bureau

Comment a-t-elle pu prétendre qu'elle était experte en transactions immobilières, alors que sa seule expérience se limite à la vente de la ferme familiale ? Sur le moment, Alina pensait seulement enjoliver la vérité dans l'espoir d'obtenir, enfin, un poste d'assistante. Depuis que sa famille a tout perdu et qu'elle a dû abandonner sa passion pour la peinture, n'a-t-elle pas toutes les peines du monde à trouver un emploi stable ? Mais maintenant, face aux exigences de l'impérieux – et bien trop séduisant – Demyan Zukov, elle sent l'angoisse l'envahir. Si cet homme impitoyable découvre qu'elle a menti, elle n'ose même pas imaginer ce qu'il adviendra d'elle - et de son avenir...

A LA MERCI D'UN HOMME D'AFFAIRES, *Lynn Raye Harris* • *N°3557*

Enfant Secret

Jamais Holly n'a oublié la nuit magique qu'elle a passée un an plus tôt dans les bras de Drago Di Navarra… ni la cruauté avec laquelle il l'a rejetée au matin, brisant non seulement son cœur mais aussi tous ses rêves d'avenir : n'était-elle pas venue à New York pour lui présenter le parfum qu'elle avait créé et dont elle était si fière ? Aussi, lorsque le hasard remet cet homme odieux sur sa route, et qu'il lui propose une importante somme d'argent pour devenir l'égérie de sa marque, le premier réflexe d'Holly est de refuser. Mais comment le pourrait-elle alors qu'elle doit absolument gagner sa vie ? Pas seulement pour elle, mais pour Nicky, son fils de trois mois, au regard aussi brun que celui de Drago...

UN REFUGE EN IRLANDE, Cathy Williams • *N°3558*

Des parents adoptifs aimants, une carrière fulgurante et les plus belles femmes de Londres dans son lit… Leo Spencer sait qu'il a une vie de rêve. Pourtant, une douloureuse question le hante : pourquoi sa mère biologique l'a-t-elle abandonné à la naissance ? C'est pour y répondre qu'il a entrepris, incognito, le voyage jusqu'au village isolé de la campagne irlandaise où elle vit. Ce qu'il n'avait pas prévu, c'est qu'une tempête de neige le forcerait à trouver refuge pour quelques jours dans le pub du village. Un pub dont la gérante, la belle et distante Brianna, éveille immédiatement en lui un désir fou. Pourquoi ne pas profiter de ce séjour sous une fausse identité pour s'offrir une aventure avec cette femme, si différente de ses maîtresses habituelles ?

UN DÉLICIEUX INTERDIT, *Maggie Cox* • *N°3559*

Aider des célébrités ou de richissimes milliardaires dans leurs tâches quotidiennes, c'est le travail de Kit. Un travail qu'elle aime et s'enorgueillit de faire avec passion et compétence. Mais le jour où elle est envoyée par l'agence qui l'emploie chez Henry Treverne, un célèbre homme d'affaires victime d'un accident de ski, Kit sent une angoisse inconnue l'envahir. Jamais elle n'a ressenti un tel trouble face à un homme. Un trouble auquel il lui est interdit de céder. Non seulement Henry est un client, mais c'est aussi un séducteur invétéré et un play-boy notoire. Exactement le genre d'homme sous le charme duquel elle a juré de ne jamais tomber…

L'INCONNU D'UNE NUIT D'ÉTÉ, Christy McKellen • *N°3560*

Josie est terrorisée. Qui est cet homme à la stature athlétique qui s'est introduit en pleine nuit dans la maison qu'Abigail, son associée, lui prête pour les vacances ? Son soulagement est de courte durée quand l'inconnu lui révèle son nom : Connor Preston – le frère d'Abigail. Car celui-ci ne semble pas prêt à renoncer à son séjour sous prétexte qu'elle occupe déjà la maison ! Et comment l'obliger à partir, alors qu'il est chez lui ? Elle qui avait tant besoin de calme pour travailler et faire le point sur sa vie, la voilà contrainte de cohabiter avec cet homme qui éveille en elle un trouble brûlant…

UNE ÉPOUSE REBELLE, *Susanna Carr* • *N°3561*

Le cœur en miettes mais plus résolue que jamais, Tina se tient devant la porte de la somptueuse demeure qui fut, pendant quelques mois, la sienne. Avant qu'elle ne comprenne que ce qu'elle avait pris pour de l'amour n'était que du désir, et que son mariage avec Dev n'était qu'un poids pour ce dernier. Brisée, Tina a d'abord pris la fuite. Mais aujourd'hui, après quatre longs mois de silence, elle est là pour rendre sa liberté à son époux et, surtout, reprendre la sienne ainsi que le cours de sa vie. Aussi, qu'elle n'est pas sa surprise – et sa colère – quand Dev, plus beau et plus inflexible que jamais, lui annonce d'une voix glaciale qu'il refuse de divorcer.

UN SI SÉDUISANT DÉFI, Jennifer Hayward • *N°3562*

- Trois héritiers à aimer - 2ème partie

Organiser l'événement mondain de la décennie en moins de trois semaines? Alex sait qu'elle en est capable. Personne mieux qu'elle ne saura faire du lancement du dernier cru du vignoble De Campo la fête la plus inoubliable qui soit. N'est-ce pas l'occasion qu'elle attendait de prouver au monde – et surtout à elle-même – qu'elle a définitivement tracé un trait sur sa fougueuse jeunesse pour devenir une jeune femme efficace et raisonnable ? Sauf que les émotions qu'éveille en elle Gabe De Campo, le tout puissant directeur des vins De Campo, n'ont rien de raisonnable...

L'HÉRITIÈRE DU DÉSERT, Sharon Kendrick • *N°3563*

- Les secrets du désert - 2ème partie

Une armée de serviteurs, des bijoux plus somptueux les uns que les autres, et… une absence totale de liberté : voilà le quotidien de Leila, la sœur unique du sultan de Quhrah. Aussi, quand elle apprend que Gabe Steel, un célèbre homme d'affaires britannique, a été invité par son frère à passer quelques jours dans le sultanat, elle décide, sur une folle impulsion, d'échapper à ses gardes du corps et de s'introduire dans sa chambre d'hôtel pour lui montrer son travail de photographe. Peut-être parviendra-t-elle à le convaincre de l'engager dans son agence de publicité ? Mais à peine Gabe Steel lui ouvre-t-il la porte, qu'elle sent un trouble inconnu l'envahir. Seule dans la chambre de cet homme au charisme fou, est-elle sur le point de commettre une folie ?

UN PLAN SI PARFAIT, Tara Pammi • *N°3564*

Depuis la mort de leurs parents, Nikos Demakis prend soin de sa jeune sœur, et il est hors de question qu'il la laisse gâcher sa vie avec un aventurier uniquement attiré par son héritage ! Alors, pour briser ces désastreuses fiançailles – et prouver par la même occasion à son grand-père qu'il est capable de gérer les affaires familiales –, Nikos a un plan : convaincre Lexi Nelson, la jeune femme qui partageait quelques mois plus tôt la vie de ce coureur de dot, de revenir dans la vie de ce dernier. Mais à peine pose-t-il les yeux sur Lexi qu'il sent un désir fou l'envahir. S'il parvient à la convaincre de lui venir en aide, supportera-t-il d'observer l'idylle entre la jeune femme et le fiancé de sa sœur renaître sous ses yeux ?

A paraître le 1er janvier

Best-Sellers n°627 • suspense
Mystère en eaux profondes - Heather Graham

Un luxueux cargo englouti depuis plus d'un siècle au fond du lac Michigan. A son bord, un somptueux trésor : le sarcophage sacré d'un grand prêtre égyptien…
Les malédictions, l'agent Kate Sokolov n'y croit pas. Alors, quand on la charge d'enquêter sur une série de meurtres ayant tous un lien avec l'épave du Jerry McGuen – un galion échoué dans les eaux glaciales du lac Michigan – et qui seraient, selon la rumeur, l'œuvre d'un fantôme, elle se fait la promesse de mettre un terme aux agissements du tueur au plus vite. Elle qui possède le don si particulier de communiquer avec les morts, est en effet bien placée pour savoir que ces assassinats n'ont en aucun cas été commis par un revenant. Un avis partagé par Will Chan, un expert du FBI qu'on lui a assigné comme partenaire sur cette affaire et qui trouble Kate au plus haut point. Car, en plus de faire preuve à son égard d'une horripilante arrogance, il lui révèle bientôt avoir le même don qu'elle…

Best-Sellers n°628 • suspense
La marque écarlate - Virna DePaul

L'embaumeur. Carrie s'est fait la promesse d'arrêter ce psychopathe qui, depuis deux ans, embaume le corps de jeunes femmes encore vivantes et envoie des photos de son œuvre à la police, comme s'il s'agissait de trophées. Si elle veut avant tout empêcher le meurtrier de frapper de nouveau, pour Carrie, l'enjeu est aussi personnel. C'est son premier cas de tueur en série, et l'occasion qu'elle attendait de faire ses preuves dans l'univers si masculin de la brigade spéciale d'investigation de San Francisco. Même si cela signifie aussi, hélas, qu'elle va devoir travailler avec l'agent Jase Tyler. Un homme qu'elle a toutes les raisons de détester – n'a-t-il pas émis des doutes sur sa capacité à diriger l'enquête ? – mais dont la seule présence éveille en elle un désir profond, brut et incontrôlable...

Best-Sellers n°629 • suspense
Au cœur de la vengeance - B. J. Daniels

Ginny, la petite sœur qu'il adorait, gisant morte dans un fossé…
Depuis onze ans, Rylan West est hanté par cette image terrible, insoutenable. Et, depuis onze ans, il n'a qu'une obsession : tuer Carson Grant, l'homme qui – il en est persuadé – est l'assassin de sa sœur. Aujourd'hui, enfin, il tient sa vengeance. Car Carson vient de refaire surface à Beartooth, le petit village ancré au cœur du Montana où ils ont grandi…
Mais c'est alors que Destry Grant, la jeune fille fougueuse et terriblement attachante dont il était fou amoureux avant le drame, lui apprend, bouleversée, qu'une nouvelle preuve vient d'être découverte. Il faut la croire, répète-t-elle, quand elle affirme que son frère est innocent. Et, si Rylan accepte son aide, elle est prête à reprendre l'enquête avec lui pour découvrir qui est vraiment le meurtrier de Ginny…

Best-Sellers n°630 • érotique

Le secret - Megan Hart

Les regards lourds de désir d'un inconnu dans un bar, les caresses fiévreuses échangées à la hâte, le plaisir vite pris, et vite oublié… Jusqu'où Elle Kavanagh est-elle prête à se perdre ?

Pour fuir son passé et son terrible secret, Elle Kavanagh s'est jetée à corps perdu dans des aventures sans lendemain, multipliant les rencontres furtives et dénuées de sentiments avec des inconnus qu'elle ne revoit jamais. Mais l'irruption de Dan Stewart dans sa vie va tout changer. Pour la première fois, un homme qui lui plaît pourtant de manière insensée refuse le corps qu'elle lui offre. Et lui annonce qu'il ne couchera avec elle que si elle accepte de le revoir. Même si ce n'est que pour du sexe…

Best-Sellers n°631 • historique

Conquise par un gentleman - Kasey Michaels

Londres, 1816

Depuis qu'elle a appris la mort de son fiancé à Waterloo, Lydia pensait qu'elle ne pourrait plus jamais aimer. Son grand amour était tombé au champ d'honneur, et tous ses espoirs avec lui. Recluse dans la demeure familiale d'Ashurst Hall, elle mène depuis ce drame une existence paisible, égayée par le prévenant Tanner, le meilleur ami de son défunt fiancé, qui a juré de veiller sur elle. Mais contre toute attente — et surtout contre toute morale — elle sent monter un trouble de plus en plus fort pour ce confident si attentif, et si séduisant. Se pourrait-il qu'elle nourrisse des sentiments à l'égard d'un homme qui était comme un frère pour son fiancé ? N'est-ce pas une trahison envers la mémoire de ce dernier ? Et Tanner, est-ce seulement par devoir qu'il lui accorde tous ces moments d'intimité, qui les rapprochent au fil des jours ? Elle doit absolument réprimer ses émotions, Lydia le sait : même si son désir était partagé, rien ne pourrait arriver entre eux. Car Tanner est fiancé à une autre...

Best-Sellers n°632 • thriller

L'automne meurtrier - Andrea Ellison

Par une sombre soirée d'octobre, le lieutenant Taylor Jackson est appelée sur plusieurs scènes de crime dans un quartier chic de Nashville. Sur place, elle découvre les corps sans vie de sept adolescents, marqués de symboles occultes. Une vision d'horreur qui obsède Taylor, partagée entre colère et angoisse à l'idée que le tueur puisse frapper de nouveau. Elle doit agir vite, très vite. Mais aussi avec prudence, car le meurtrier est manifestement aussi incontrôlable qu'imprévisible. Or, Taylor a beau se concentrer de toutes ses forces sur le peu d'indices dont elle dispose – les dessins mystiques laissés sur les corps des victimes –, l'enquête piétine.

Déterminée, elle plonge alors dans les ténèbres de cette affaire macabre. Au risque de voir son équilibre menacé, malgré le soutien que lui apporte Jack Baldwin, le brillant profileur du FBI avec qui elle est fiancée. Car c'est le prix à payer pour comprendre comment un être machiavélique, animé d'une rage débridée, en arrive à commettre de telles atrocités. Et, pour trouver le tueur, elle devra d'abord s'en approcher…

Composé et édité par HARLEQUIN

Achevé d'imprimer en décembre 2014

CPi
BLACK PRINT

Barcelone

Dépôt légal : janvier 2015

Pour l'éditeur, le principe est d'utiliser des papiers composés de fibres naturelles, renouvelables, recyclables, et fabriquées à partir de bois issus de forêts qui adoptent un système d'aménagement durable. En outre, l'éditeur attend de ses fournisseurs de papier qu'ils s'inscrivent dans une démarche de certification environnementale reconnue.

Imprimé en Espagne